LE POISON DE THOGAR'MIN

SÉRIE « SF Jimmy GUIEU »

Déjà parus

N° 1 — Au-delà de l'infini
N° 2 — Les monstres du néant
N° 3 — L'invasion de la Terre
N° 4 — Les Êtres de feu
N° 5 — Hantise sur le monde
N° 6 — Convulsions solaires
N° 7 — L'Univers vivant
N° 8 — Réseau dinosaure
N° 9 — La Dimension X
N° 10 — Chasseurs d'hommes
N° 11 — La spirale du temps
N° 12 — Nous les Martiens
N° 13 — Le monde oublié
N° 14 — Mission « T »
N° 15 — L'homme de l'espace
N° 16 — L'Ère des Biocybs
N° 17 — Opération Aphrodite
N° 18 — Expérimental X-35
N° 19 — Commandos de l'espace
N° 20 — Planète en péril
N° 21 — L'Agonie du verre
N° 22 — Univers parallèles
N° 23 — La Grande Épouvante
N° 24 — Nos Ancêtres de l'Avenir
N° 25 — L'Invisible Alliance
N° 26 — Prisonniers du Passé
N° 27 — Piège dans l'espace
N° 28 — Les Portes de Thulé
N° 29 — Le Secret des Tshengz
N° 30 — Refuge cosmique
N° 31 — Demain l'apocalypse
N° 32 — Les Destructeurs
N° 33 — Les Forbans de l'Espace
N° 34 — La mort de la Vie
N° 35 — Joklun-N'Ghar la maudite
N° 36 — Le Règne des Mutants
N° 37 — Traquenard sur Kenndor
N° 38 — Cité Noé N° 2
N° 39 — Le Grand Mythe
N° 40 — Les Orgues de Satan
N° 41 — Expédition cosmique
N° 42 — Les Cristaux de Capella
N° 43 — Les Maîtres de la Galaxie
N° 44 — Opération Ozma
N° 45 — Les Rescapés du néant
N° 46 — L'Exilé de Xantar
N° 47 — L'Age noir de la Terre
N° 48 — Le Retour des dieux
N° 49 — Les pièges de Koondra
N° 50 — Les Sept sceaux du Cosmos
N° 51 — Les fugitifs de Zwolna
N° 52 — La terreur invisible
N° 53 — Le bouclier de Boongoha
N° 54 — L'ordre vert
N° 55 — Le triangle de la mort
N° 56 — Créatures des neiges
N° 57 — La force sans visage
N° 58 — La colonie perdue
N° 59 — Plan catapulte
N° 60 — La voix qui venait d'ailleurs
N° 61 — La charnière du temps
N° 62 — Les Légions de Bartzouk
N° 63 — Enjeu cosmique
N° 64 — La mission effacée
N° 65 — Opération Neptune
N° 66 — Les germes du chaos
N° 67 — Les veilleurs de Poséidon
N° 68 — Le Maître du temps
N° 69 — Manipulation Psi
N° 70 — Les Krolls de Vorina
N° 71 — La stase achronique
N° 72 — Oniria
N° 73 — La lumière de Thot
N° 74 — Les yeux de l'épouvante
N° 75 — La clé du Mandala
N° 76 — Hiéroush la panète promise
N° 77 — Le rayon du cube
N° 78 — Les sphères de Rapa-Nui
N° 79 — La caverne du futur
N° 80 — Projet King
N° 81 — Trafic interstellaire
N° 82 — L'arche du temps
N° 83 — Les fils du Serpent
N° 84 — Le pionnier de l'atome
N° 85 — Échec aux Végans
N° 86 — Spoutnik VII a disparu
N° 87 — Magie rouge
N° 88 — Les Rebelles de N'Harangho
N° 89 — Le serpent Dieu de Joklum-N'Ghar

science fiction
SF

JIMMY GUIEU

Grand Prix du Roman Science-Fiction 1954
Prix du Roman Esotérique 1969
Grand Prix du Roman S.F. Claude Auvray 1973

LE POISON DE THOGAR'MIN

en collaboration
avec S. GREY

VAUGIRARD

Coordination : Raymond Audemard

Illustration de couverture : Jean-Louis Morelle

ISBN : 2-285-00998-4
ISSN 0-242-3715

CHAPITRE PREMIER

De faibles vibrations secouaient le puissant vaisseau de ligne interstellaire *Bourlingueur II* alors que celui-ci inversait ses tuyères de propulsion, afin de ralentir, comme la planète verte Thogar'min grossissait sur le radarscope du poste de contrôle. L'astronef évoluait dans l'espace normal depuis une vingtaine d'heures après une plongée subspatiale qui, elle, avait duré plus d'une semaine.

Le gigantesque spationef « haut de gamme » pouvait accueillir douze cents voyageurs, dont deux cents passagers « de luxe » logés au premier pont, ainsi qu'un millier de touristes, fonctionnaires et colons voyageant en seconde et troisième classes, au demeurant très confortables. Il transportait également plusieurs centaines de tonnes de fret.

Toutes les cabines avaient été louées en raison de la notoriété dont jouissait le *Bourlingueur II*, notoriété qui ne se démentissait pas à l'usage. Disposés tout le long du bâtiment et d'accès facile, des élévateurs ronronnaient en permanence, amenant à chaque pont leur cortège bruyant et animé de passagers.

Cette agitation était coutumière lors de l'annonce d'un débarquement prochain, de telle sorte que les coursives étaient pleines de monde : en cet an de grâce 2382, il était devenu aussi banal de se rendre sur les colonies vénusiennes que ne l'était au XXe siècle la traversée de l'Atlantique à bord d'un jet.

Les fabuleux progrès accomplis en matière astronautique — et tout particulièrement la mise au point de la propulsion gravito-magnétique — avaient rendu possible la mise en place des lignes régulières hors du système solaire. Si l'homme avait surmonté les mille périls inévitables suscités par son expansion spatiale, il demeurait inchangé sur le plan affectif. Son cœur vibrait de la même émotion que celle qu'avaient dû éprouver les Colomb, Magellan, Armstrong, en plantant le drapeau dans les *terrae incognitae* de la Terre et de sa « banlieue » spatiale, alors pleines de mystères.

À présent, les agences de voyage affiliées à l'Office Interstellaire du Tourisme rivalisaient d'audace et d'ingéniosité pour attirer les voyageurs, hommes d'affaire ou colons. Néanmoins, les randonnées touristiques ayant pour terminus les systèmes solaires éloignés demeuraient encore l'apanage des milliardaires.

Il n'en était pas ainsi pour Marsala, la destination finale du *Bourlingueur II*, qui ne se trouvait qu'à huit jours de voyage de Kendalhoa. C'est sur cette planète, cinquième du système agénien, à 190 années-lumière de la Terre, que Blade et Baker avaient embarqué, en compagnie d'autres passagers ; Thogar'min n'était qu'une étape considérée comme dénuée d'intérêt touristique — ce qui n'était pas pour déplaire à Blade et Baker, qui ne dédaignaient pas évoluer hors des « sentiers battus ».

Les deux hommes voyageaient ensemble depuis plusieurs années. Agés de trente-cinq ans, ils étaient bruns et athlétiques. Le caractère enjoué, l'ironie amicale de Ronny Blade s'opposaient à l'humeur parfois bougonne de William Baker, lequel enrageait avec une déconcertante facilité. État d'esprit qui, bien entendu, ne durait guère, car ils se complétaient merveilleusement dans les diverses situations (parfois dramatiques) qu'ils avaient été amenés à affronter ensemble et qui avaient forgé entre eux des liens quasi fraternels.

Ils avaient préféré se soustraire à l'animation qui régnait dans les coursives en se réfugiant dans la vaste salle panoramique située sous le premier pont, qui servait de salle de réception officielle et occasionnellement de salle de spectacle, quand une célébrité acceptait de s'y produire — ce qui arrivait souvent, à la grande joie de son capitaine, Jim Henkin, qui remplaçait Andy Sherwood aux commandes du *Bourlingueur II*. Ce dernier les attendait en compagnie de Red Owens sur la planète marchande Marsala, avec le *Maraudeur*.

L'imminence de l'atterrissage avait vidé la salle de ses habituels occupants. Le service au bar n'était plus assuré, aussi Blade avait-il poussé le portillon qui donnait sur le comptoir, pour se transformer spontanément en barman ! Cette entorse à la règle du vaisseau avait été autorisée avec le sourire par le commandant Henkin. Celui-ci connaissait personnellement les deux hommes.

— Je ne suis pas fâché d'entreprendre ce voyage vers Marsala, où nous attendent ce cher vieux Red Owens et Andy, soupira le nommé Baker, tout en sirotant un verre de Lioounga additionné de R'toox, un léger euphorisant, concocté par Ronny Blade. J'espère qu'ils ne se sont pas ruinés dans les casinos,

Marsala est réputée pour dépouiller le client jusqu'au dernier crédit de ses économies.

— Red et Andy sont de vieux loups de l'espace, rétorqua Blade. Je crains seulement qu'ils ne trouvent une martingale qui fasse sauter la banque de l'établissement de jeu qui aura eu la malchance de les accueillir !

— Diantre ! soupira son associé et ami, ces vacances sur Kendalhoa m'ont littéralement épuisé ! Les aventures que nous avons vécu autrefois sur cette planète étaient sûrement moins fatigantes que les randonnées que nous avons dû subir pour faire plaisir à notre ami le gouverneur.

Baker faisait allusion à l'incompréhensible grève générale qu'avait connue la planète, grève qui s'était déclarée sur ce vaisseau même avant de se répandre sur d'autres planètes[1].

Seul le sang-froid des deux hommes d'affaires aventuriers avait permis d'endiguer la panique et d'éviter que le vaisseau ne soit détruit après avoir forcé le blocus. Ils n'avaient pas tardé à se rendre compte que les grévistes n'étaient que des marionnettes hébétées aux mains d'une organisation criminelle qui manipulait les cerveaux avec l'aide forcée d'extraterrestres télépathes natifs de N'Torak.

De plus, ils avaient sauvé le gouverneur de Kendalhoa et sa fille d'un empoisonnement par radiations perpétré par un brigand de la pire espèce. Depuis ce temps, Son Excellence ne manquait pas d'inviter Blade et Baker pour « services rendus à l'Empire ». Ceux-ci avaient toujours décliné les multiples invitations. Ils avaient profité de leurs vacances pour répondre enfin aux vœux du gouverneur.

1. Cf. : *Piège dans l'espace.* SF Jimmy Guieu n° 27.

— Oublions les vacances ! Nous nous rendons sur Marsala dans un but économique, rappela Blade en souriant. Thogar'min est une étape obligatoire pour charger le suc qui est à la base de la fabrication du sérum de Thogar, réputé pour ses vertus médicinales dans tout l'Empire. Une seule ampoule de ce sérum vaut une véritable fortune en platino-crédits !

— Sous tes dehors matérialistes, tu caches une âme de poète ! ironisa Baker, sarcastique mais amical. La Pharmamondiale détient le monopole d'exploitation, en accord avec le gouverneur de ce comptoir. Je n'aime guère cette Compagnie et sa façon de traiter à distance, même si le marché que nous avons passé pour convoyer le suc de Thogar'min jusqu'à Marsala est plus qu'honnête.

Blade eut un léger sourire.

— Est-ce que tu escomptes rompre le contrat pour traiter directement avec le comptoir ?

— Comme toujours, tu exagères, Ron, bougonna son ami de toujours. Il n'est pas question de cela. Nous bourlinguons en permanence d'un bout à l'autre de la galaxie à la recherche de nouveaux contrats, en empruntant parfois des rafiots fatigués à nos risques et périls. Il n'est pas question de saborder une affaire comme celle-ci, même si le marché n'est que temporaire : l'astronef régulier de la Pharmamondiale, le *Fantastique*, est en cale sèche, à la suite d'une avarie dans son générateur gravito-magnétique, qui a mis toute la salle des machines hors circuit.

Les deux hommes semblaient prendre plaisir à se chicaner, mais il était inutile de les bien connaître pour se rendre compte que ces piques plus ou moins aigres-douces dissimulaient en réalité une profonde amitié partagée, fondée sur une confiance réciproque, et forgée par de nombreuses aventures partagées ensemble.

Leur tranquillité fut de courte durée. Au bout de quelques minutes, les portes d'entrée de la salle coulissèrent silencieusement, livrant passage à une silhouette corpulente qui se dandina dans leur direction. Le nouvel arrivant s'accouda au bar sans façon. Ses manières ne déparaient pas avec des vêtements qui dénotaient un certain manque de goût. En effet, il portait une cotte asymétrique aux manches trop courtes et au col en fourrure froide de Zaluk-Shyr qui avait été à la mode sur les mondes extérieurs quelques années auparavant. En sus, une casquette bleue ornée de la lettre P d'or brodé était vissée sur son crâne à la manière « astro ».

— Vous êtes Ronny Blade et William Baker, pas vrai ? attaqua-t-il aussitôt avec assurance.

Puis, sans attendre la réponse :

— Je me présente : Jérémie Erikson, fondé de pouvoir de la Pharmamondiale. Sans doute aurons-nous à traiter sur Marsala, n'est-ce pas ? Il est curieux que je ne vous aie pas vus auparavant. Seriez-vous invisibles ?...

Stoïque face à ce mitraillage verbal, William Baker jeta un coup d'œil à son compagnon, qui lui retourna un sourire en coin.

En certaines circonstances, il était inutile aux deux hommes de parler pour se comprendre, un échange de regards suffisait. Le message qui passa entre eux était clair : les manières de ce compère encombrant ne leur plaisaient décidément pas !

— Permettez-nous de ne pas parler affaires avant notre arrivée sur Marsala, dit Baker courtoisement mais avec fermeté. Quant à notre « invisibilité », elle est due au fait que nous nous promenons rarement sur le premier pont

Le fondé de pouvoir de la Pharmamondiale ne put s'empêcher de regarder avec curiosité les deux associés accoudés avec désinvolture au « zinc » de la salle commune du *Bourlingueur II.* Ronny Blade et William Baker étaient copropriétaires de la prospère Baker and Blade Import Export Company, l'un des principaux consortiums commerciaux de l'Empire terrien interstellaire.

Ils s'étaient illustrés dans maints événements qui avaient troublé la quiétude de l'Empire, et en avaient résolu bon nombre ! Ils étaient en outre les administrateurs du Comité d'expansion du Commerce extérieur dont le but était d'ouvrir des comptoirs sur les mondes de l'Empire.

Et, de fait, les deux gaillards ne correspondaient guère à l'image conventionnelle que l'on pourrait se faire de businessmen trônant derrière un bureau, l'éternel cigare collé entre les dents ! Familiarisés avec maintes branches de la technologie, possédant de solides connaissances scientifiques, ils arboraient une carrure athlétique soulignée par un justaucorps de métallo-plastex aux couleurs pastels contrastant avec leur bronzage. Ces tenues, qui eussent choqué autrefois, étaient aujourd'hui parfaitement acceptées : les traitements bio-régénérateurs mis à la portée de chacun conféraient aux humains du XXIVe siècle une harmonie physiologique telle que les plus âgés accusaient tout au plus quarante ans. Aucune malformation, aucun rachitisme ne justifiait plus les accoutrements désuets qui, jadis, vêtaient l'humanité.

La taille de Blade était rehaussée par un épais ceinturon à boutons, un des petits sacrifices à la mode que se permettaient de temps à autre les deux hommes.

— Vous avez raison de ne pas vous mêler aux « nababs » du premier pont, pérora Erikson d'un ton suffisant. Mon Dieu qu'ils sont barbants ! Comme vous, je préfère la compagnie de simples touristes. Ils font moins de manières...

Blade et Baker dissimulèrent un sourire de connivence. La façon dont il décrivait les autres passagers leur rappelait des propos similaires tenus par une célèbre chanteuse populaire à laquelle ils avaient imprudemment prêté l'oreille — celle-ci ne la leur avait rendu qu'après un laps de temps qui leur avait semblé une éternité. Selon elle, les « nababs » étaient « assommants » et « rasoirs », « pour ne pas dire affreusement maniérés ». Ces deux-là (il ne se souvenait plus du nom de la chanteuse) devraient s'entendre à merveille, estima Blade en son for intérieur.

Le fondé de pouvoir, quant à lui, ne paraissait pas vouloir laisser échapper deux si belles proies.

— Avez-vous connaissance des vertus du sérum de Thogar ? Eh bien, ce liquide est tiré d'une essence végétale qui n'existe que sur cette planète, et que l'on n'est jamais parvenu à synthétiser. Il est difficile de concevoir qu'un trou perdu comme Thogar soit la source de si grands profits... pour vous comme pour nous.

Pour une raison inexplicable, William Baker n'apprécia ni le ton ni la manière qu'avait employés le fondé de pouvoir pour amalgamer la Pharmamondiale et la B and B Co — pas plus que son mercantilisme affiché —, puis il se morigéna : il n'avait aucun grief concret contre la firme pharmaceutique qui était leur partenaire.

— Je vous en prie, dit Blade avec une sobre élégance, poursuivez.

Ce dernier était attiré par la « petite histoire » des planètes-colonies, ainsi que par tout ce qui avait un rapport avec le passé. Cela expliquait sa passion pour les objets d'art anciens, et plus généralement pour tout ce qui traînait en matière de bibelots et de bizarreries chez les antiquaires et les brocanteurs.

— Bien..., se rengorgea Jérémie Erikson, enthousiasmé d'avoir trouvé un auditoire. Le sérum de Thogar'min est une avancée capitale dans la recherche médicinale, en ce qu'il a la propriété d'inhiber n'importe quel virus, qu'il soit d'origine terrestre ou extraterrestre. Inutile de dire que les cliniques et les hôpitaux de tout l'Empire se l'arrachent littéralement, la production de sérum étant très faible ! Bien sûr, le sérum n'élimine pas le virus responsable de la maladie, il se contente d'en stopper momentanément les effets. Mais cela donne tout le temps de les éradiquer par des moyens plus classiques.

— Je comprends, fit songeusement Baker. La rareté explique le prix exorbitant de cette denrée. Mais la Pharmamondiale n'a-t-elle jamais essayé de tirer plus de suc de Thogar ?

Baker remarqua qu'Erikson se frottait nerveusement les mains. Il en attribua naturellement la cause à l'atterrissage imminent du spationef : peut-être était-ce le premier voyage interstellaire qu'effectuait le gros homme.

— Diverses tentatives ont été entreprises, poursuivit-il, mais elles n'ont rien donné. Il faut croire que la planète est rétive à une exploitation étendue de ses ressources. De toute manière, quelle importance ? Le sérum nous rapporte suffisamment. À vouloir plus, on risque de ne plus rien avoir du tout...

Comme il s'approchait du visage de Blade afin de prendre des airs de conspirateur, celui-ci s'aperçut qu'Erikson empestait l'eau de toilette Pour un Homme, parfum qu'affectionnait Blade, mais dont l'importun personnage avait si manifestement abusé que l'odeur en devenait incommodante. Gentleman, Blade se retint de plisser le nez.

— Ne vous attardez pas à Thogar, dit-il comme s'il livrait une information confidentielle. Ce n'est pas un monde comme les autres ; le climat y est exécrable, et la végétation hostile au dernier degré ! Les colons ne restent que pour récolter le suc, qui est mis en barils et livré à la Pharmamondiale. Cette planète semble rejeter l'occupation humaine ; ce n'est qu'il y a trente-cinq ans qu'a été trouvée l'unique ressource de ce nid d'épines, le fameux suc. De toute façon, il n'y a qu'une seule ville, qui porte d'ailleurs le même nom que la planète.

Blade se racla la gorge pour dissimuler son envie de rire.

— Hum... Mon cher Erikson, vos confidences nous incitent au contraire à visiter cet endroit. Un monde qui ne possède qu'une seule agglomération, qui ne ressemble en rien aux sempiternelles attractions locales vantées à la Space o'vision et ne figure sur aucun trajet touristique, vaut certainement le détour !

La mine de Jérémie Erikson se renfrogna imperceptiblement, et il émit une sorte de renâclement.

— Cette planète porte malheur aux personnes trop curieuses, dit-il énigmatiquement, et je regrette maintenant d'avoir éveillé votre intérêt. Il n'y a rien à voir sur cette planète. Faites comme les autres voyageurs, restez dans l'astronef, qui est pourvu de tout le confort nécessaire pour mener une vie agréable...

À ce moment, une voix sortit des haut-parleurs pour annoncer que les divers postes étaient parés pour la manœuvre d'entrée dans l'épaisse atmosphère de Thogar'min. Déjà, derrière les hublots en hyperdelrin transparent, les étoiles s'estompaient aux abords des hautes couches de l'ionosphère.

Blade regarda le petit homme disparaître par la porte coulissante menant aux élévateurs.

— Cet oiseau de malheur ne me plaît guère, pas plus que ses réponses qui n'en sont pas. OK, n'en parlons plus ! et préparons nos affaires pour faire une petite visite du « nid d'épines » !

Ils regagnèrent leur cabine de première classe. Un hublot rectangulaire offrait une vision de la face ensoleillée de la planète. À première vue, Jérémie Erikson avait raison : Thogar'min n'avait rien d'une attraction touristique. Des montagnes rases, érodées par les millénaires, infléchissaient à peine l'horizon moutonneux de verdure.

Ils descendaient à vive allure vers une tache brumeuse, qui faisait comme une éclaircie dans la végétation s'étendant à perte de vue, mais l'astronef était encore trop haut pour qu'ils pussent apercevoir plus de détails.

La voix de Henkin pria les passagers de regagner leur cabine et de s'allonger sur leurs couchettes. En réalité, le champ gravito-magnétique dans lequel baignait l'engin supprimait en son sein la force d'inertie, et annihilait du même coup toute sensation d'écrasement dû à la décélération, mais la tradition voulait que figure cet avertissement, en souvenir du temps où l'on utilisait des propulseurs classiques.

— Allons dans le poste de pilotage, proposa

Baker, soudainement inspiré. Nous y verrons mieux qu'ici les alentours de la ville, il reste quelques minutes avant d'atterrir. Je ne pense pas que Jim Henkin y voie un inconvénient.

— Proposition adoptée à l'unanimité ! proclama Blade en se plaçant comiquement au garde-à-vous. Allons-y immédiatement !

Le poste de pilotage avait la forme d'un fer à cheval long d'une dizaine de mètres, et large de sept. Les parois étaient bardées de hublots ronds perçant le super-métal de la coque. L'essentiel de la place était occupé par les masses des ordinateurs parsemés de voyants de contrôle, par les instruments de navigation et par le fauteuil de commandement que surmontait un écran monumental.

Blade et Baker s'installèrent sur deux sièges anti-g restés vacants.

Ses antennes radar balayant l'espace, le *Bourlingueur II* quittait la zone bleu-mauve de l'ionosphère pour aborder les couches plus claires de l'atmosphère.

À son poste devant son pupitre de commande en demi-lune, entouré des radaristes, opérateurs astros et de leurs seconds, Jim Henkin lançait ses consignes, dirigeant la manœuvre d'approche dans une ambiance sereine. Il aperçut les deux dirigeants de la B and B Co sans déplaisir.

— Je vous attendais ! Je vois que vous connaissez les usages de navigation. Je pourrais vous engager comme mousses, si vous n'étiez pas les propriétaires du *Bourlingueur II* !

— Qui a dit que la qualité de mousse était incompatible avec la propriété ? plaisanta Blade. Engagez-nous, vous verrez bien !

Il reprit, sur un ton détaché :

— Dites, Pacha[1], quelle impression vous laisse Jérémie Erikson ?

Jim Henkin eut une moue dédaigneuse.

— Un bonhomme collant sans beaucoup de consistance, me semble-t-il, mais qui occupe l'espace. Sa personnalité ne suscite apparemment aucune sympathie, malgré un physique de « petit gros ». Je le crois sans scrupules, et uniquement intéressé par le profit. De plus, il a des réactions bizarres : quand je lui ai dit qu'un groupe de passagères oisives désirait débarquer en dépit du peu d'intérêt manifeste qu'offre la planète, il s'est spontanément proposé de les guider, malgré son dégoût de celle-ci... Quand il m'arrive de le rencontrer dans une coursive, je m'arrange toujours pour me rappeler une tâche urgente que j'avais oublié de mener à bien !

Il reporta son attention sur le poste de pilotage. Ses deux hôtes ne firent aucun commentaire, mais se félicitèrent silencieusement de la psychologie dont savait faire preuve le commandant.

La courbure de la planète, qui mesurait trente-neuf mille trois cents kilomètres au plan de l'équateur, s'aplatissait pour occuper l'intégralité des écrans.

— Il sera environ treize heures trente locales lorsque nous toucherons la piste de l'astroport, indiqua Jim Henkin. La rotation de Thogar'min est de vingt-trois heures trente-sept minutes dix-neuf secondes, par conséquent les jours et les nuits de cette planète sont très comparables à ceux de la Terre.

Avec une sûre précision, ordres et indications en style télégraphique s'échangeaient d'un poste à l'autre de l'équipe présidant aux destinées de l'astronef.

1. Surnom familier pour commandant.

— Altitude trente-cinq mille mètres.

— Réduisez le champ sustentateur : soixante pour cent à huit mille mètres. La densité de l'atmosphère est de zéro neuf trois.

— Cap deux cent dix.

Le vaisseau avait passé la barre des dix mille mètres et décélérait. Les premiers détails de la ville étaient visibles directement par les hublots, sans avoir à être grossis par les télévisionneurs.

Il s'agissait de bâtisses basses, rectangulaires, dépouillées d'ornementations, vouées au fonctionnalisme. Thogar'min symbolisait bien, à elle seule, la « frontière » que représentaient les planètes récemment conquises.

— Cap deux cent dix, enregistré. Astroport en vue. Il est désert, mis à part un petit appareil garde-frontières de la « Spatiale ». Habituellement, les astroports sont situés hors de la ville, afin d'éviter les nuisances dues au vacarme des propulseurs et des appareils de maintenance au sol. C'est curieux, celui-ci est situé à l'intérieur même de la ville, au centre des habitations.

— Curieux, en effet, commenta Blade à voix basse.

À travers les écrans d'approche, Baker assistait à la montée graduelle du paysage. Il s'aperçut que l'astroport de la capitale planétaire ressemblait plutôt à un spatiodrome de campagne délabré, séparé en cinq pistes seulement, dont la tour de contrôle formait une sorte de champignon squelettique et desséché.

Il se fit la réflexion que les comptoirs commerciaux implantés par la Pharmamondiale étaient bien mal entretenus. En qualité d'administrateur du Comité d'expansion du Commerce extérieur, il était étonné de voir une firme de cette taille gérer si mal les intérêts de ses associés. Mais une petite voix lui soufflait qu'il y avait autre chose, que la cause était tout autre qu'une simple mauvaise gestion.

Sur le pupitre de contrôle de l'opérateur radio, un bouton vert se mit à clignoter.

— Radarscope ?

— Rien en vol à cet instant, aucun écho ne nous parvient. Contact avec la tour de contrôle, commandant.

— Bien, ce n'est pas trop tôt. Passez-la-moi.

Blade et Baker assistèrent à l'échange concis entre Jim Henkin et un contrôleur au sol, sur fond de *fading* sonore. Ils étaient familiarisés avec le jargon des astronavigants, et purent constater que les opérations s'effectuaient dans les normes.

Les deux amis bouillonnaient d'impatience à la perspective de débarquer sur cette planète mystérieuse, que semblait tant craindre Jérémie Erikson. Enfin, l'officier des communications retransmit les indications d'atterrissage laconiques fournies par la tour de contrôle :

— Autorisation d'atterrir sur la piste trois.

Blade et Baker échangèrent un regard. Ils se comprenaient : « Jusqu'ici au moins, pas de quoi s'affoler. Mais voyons la suite... »

CHAPITRE II

La métropole était ceinte d'une muraille circulaire haute de plus de vingt mètres à vue de nez, et épaisse de quatre, qui enfermait une centaine de milliers de colons. Au nord, à l'ouest et à l'est de cette barrière infranchissable s'étendaient des marécages pourrissants, et alentour, sur des kilomètres et des kilomètres, une végétation impénétrable, bardée de piquants, rendait toute excursion impossible. C'est en substance ce que leur révéla Henkin une fois le *Bourlingueur II* au sol, renseignements puisés dans la bouche féconde de Jérémie Erikson.

Ils se posèrent à quelques encâblures de l'astronef de la Spatiale, qui stationnait sur le quai numéro deux. Le patrouilleur paraissait minuscule auprès du géant des étoiles. Avec sa carène fuselée comme le museau d'un espadon, il n'était guère plus gros, toutes proportions gardées, qu'un poisson-pilote nageant sous le ventre d'un requin « grand blanc ».

Il y eut une brève secousse, puis le capitaine annonça par l'intermédiaire des haut-parleurs placés à intervalles réguliers sur les ponts la fin des opérations d'atterrissage. Débouclant leurs ceintures, Blade et Baker sortirent du poste de pilotage et empruntèrent les coursives à la suite de Jim Henkin.

— Pourquoi fortifier ainsi une cité, questionna Baker comme ils sautaient sur un élévateur à destination des soutes, alors que la planète est quasiment déserte, qu'il n'y a pas d'autres agglomérations ? D'après les indications connues, il n'y a pas de civilisation moderne développée ! Cela ne me paraît pas logique !

— J'ignorais que l'espace était logique ! railla Blade, avant d'ajouter, à l'adresse de Jim Henkin : Will a raison, cette attitude de repli sur soi est incompréhensible pour des êtres civilisés.

— J'ignore les coutumes de la colonie thogarienne, dit Jim Henkin. Mais ces murailles inexpugnables doivent avoir leur raison d'être. Quant à moi, je ne m'occupe que de commander ce navire.

— Quel est le programme ? s'enquit William Baker, toujours d'attaque.

— À mon grand regret je dois vous laisser, il me faut me rendre au bureau des douanes, puis surveiller le déchargement du fret commandé par le gouverneur de la colonie. Il y a beaucoup de matériel et d'armement. Vous avez quartier libre !

Blade et Baker eurent un sursaut simultané au mot d'armement.

— Je croyais que nous ne pourvoyions pas d'armes, dit Baker, une pointe d'irritation dans la voix, mais du matériel de maintenance ! La Spatiale a ses propres vaisseaux d'acheminement. Le fait que nous soyons en d'excellents termes avec eux n'implique pas que...

Jim Henkin eut un geste d'apaisement qui calma ses deux interlocuteurs.

— Ne vous alarmez pas, les armes et le carburant ne sont pas destinés à des militaires ou à des policiers, ni même à des contrebandiers ou des pirates, mais à des civils.

— Des civils ?

— Les colons de Thogar'min, affirma Henkin. Dans leur ensemble.

— Mais, d'après la Pharmamondiale, il était question de matériel de maintenance...

Henkin eut un haussement d'épaules et un grognement d'acquiescement.

— D'un certain point de vue, il s'agit bien de matériel de maintenance. D'après la Pharmamondiale, si ces armes n'étaient pas livrées à temps, la ville de Thogar'min disparaîtrait rapidement.

Blade regarda Henkin comme si le commandant par interim du *Bourlingueur II* était subitement devenu fou. Mais ce dernier n'avait pas pour habitude de divaguer de la sorte.

— Cela fait des années que l'astronef mensuel de la Pharmamondiale livre des armes et du carburant pour la défense de la ville. Ces livraisons sont autorisées par la Spatiale, qui contrôle le fret au départ et à l'arrivée quand il s'agit de produits « sensibles ».

Sur ces paroles, le commandant sortit de l'élévateur qui venait de s'immobiliser au niveau des soutes. Des rampes lumineuses illuminèrent un vaste espace. Blade et Baker le suivirent à distance à travers un dédale de caisses marquées au pochoir du symbole « À manipuler avec précaution » entreposées dans l'immense dock, ainsi que de bidons arrimés, tatoués, eux, d'une tête de mort qui se passait de commentaire.

— Qu'en dis-tu ? demanda Blade.

— Il faut tirer cela au clair. De toute façon, je ne tiens pas à me mêler au déferlement des touristes, quand les portes vont s'ouvrir. Au lieu de remonter, pourquoi ne pas descendre par la porte des soutes ?

— Baker, tu n'as que des idées sensationnelles !

Une partie du plancher se désolidarisa du reste de la coque et commença à descendre sous la pression de pistons hydrauliques. Blade et Baker s'embarquèrent sur le monte-charge et se laissèrent convoyer au bas de la coque, près d'un énorme patin d'atterrissage, complexe entrecroisement de piliers et de plaques d'alliage titane-altaïrium. Le sol de la piste était de béton de mauvaise qualité, effrité et craquelé par des années de décollages et d'atterrissages.

Des ouvriers corsetés dans des salopettes de toile lacérées de fermetures-éclair les dépassèrent sans s'occuper d'eux, et grimpèrent sur le monte-charge, qui se mit aussitôt en devoir de remonter. Blade observa ce manège avec curiosité.

— Ils sont diablement pressés, pour nous laisser passer ainsi sans contrôle. Pour quelle raison urgente ont-ils tant besoin de ces armes ? Quelle sorte de guerre livre-t-on ici ?

L'air de ce début d'après-midi — il était environ quatorze heures, d'après les renseignements de Jim Henkin — était froid (à peine quinze degrés, estima Blade à vue de nez) et saturé d'humidité, malgré l'absence de nuages. Le ciel était une toile ocre zébrée de longues traînées brun-jaune, sur laquelle était peinte un soleil orangé de type G +. Heureusement, le métallo-plastex des collants de Blade et Baker s'adaptait automatiquement à la température ambiante ; ainsi, il était rare que les deux hommes eussent à souffrir du froid.

— Regarde, Ronny, les « nababs » si exécrés par notre ami le fondé de pouvoir descendent par la passerelle d'appontage... Jérémie Erikson en tête !

Blade braqua son regard dans la direction indiquée par son ami. En effet, le gros homme, toujours affublé de sa casquette bleu marine, menait tambour battant un groupe réduit de passagers vers le terminal de l'astroport, en réalité un simple entrepôt climatisé, pourvu de magasins et de débits de boissons automatiques.

— Cet Erikson n'a pas l'air aussi mauvais qu'il paraissait de prime abord, convint Baker. Il pilote lui-même les touristes à travers le spatioport, — peut-être pour les surveiller, puisqu'il nous a dit que la planète recelait de dangers !

Ils perçurent les jurons sonores du meneur de la troupe, qui pestait contre le manque d'organisation de ce « maudit patelin du bout de l'univers ! ». Comment, ils avaient à parcourir, *à pied*, les cent mètres séparant la passerelle du terminal ! Pourquoi une plate-forme volante — ne serait-ce qu'un simple bus ! — n'avait-elle pas été mise à leur disposition ? !

Visiblement, le fondé de pouvoir avait réussi à décourager la plupart des passagers de visiter Thogar, car le groupe se limitait à une trentaine de femmes d'âge mûr, papotant et pinaillant.

— Eh, vous ! Que diable fabriquez-vous sur l'aire de déchargement ? demanda une voix jeune, mais autoritaire. Cet endroit est strictement réservé aux ouvriers d'entretien et aux dockers !

Blade et Baker pivotèrent... pour se trouver face

à un jeune homme arborant l'uniforme martial de la Spatiale. Visiblement, le jeune homme n'avait pas terminé ses classes ; son justaucorps collant de couleur gris muraille soulignait une silhouette élancée, surmontée d'un visage ouvert. À sa hanche pendait la gaine d'un pistolet ultrasonique réglementaire de la Spatiale ; un bracelet émetteur-récepteur enserrait son poignet.

Blade et Baker décidèrent d'un accord tacite d'entrer dans le jeu de la jeune recrue, et se nommèrent à tour de rôle, en omettant de préciser qu'ils étaient les propriétaires du gigantesque vaisseau à propulsion supraluminique : ils se présentèrent comme de simples touristes égarés dans les coursives, qui s'étaient retrouvés sans le vouloir embarqués dans un élévateur en direction des soutes. Ils avaient profité de l'ouverture des portes de débarquement pour sortir du ventre de l'astronef. La jeune recrue, un aspirant comme l'avaient supposé les deux businessmen, s'appelait Axel Jarmush, et se déclara natif d'Alma IV, dans le système pré-Agénien.

— Cet astroport devrait être fermé pour cause de délabrement, et ses installations déclarées insalubres, déclara Blade. La Compagnie qui gère ce comptoir ne se charge-t-elle pas de son entretien ?

Les sourcils d'Axel Jarmush s'arquèrent de surprise.

— Vous parlez de la Pharmamondiale, n'est-ce pas ? J'ai été affecté à ce poste il y a un an, mais je me suis rapidement rendu compte que l'espace est loin au-dessus de nos têtes. Ce sont des dangers présents qu'il faut s'occuper en priorité, pas des installations spatiales au sol. En douze mois, je n'ai pas vu de vaisseau de plaisance, sinon en transit comme le vôtre. Les vaisseaux marchands eux-mêmes, soupira-t-il, ne restent jamais longtemps.

— Vous avez parlé de dangers immédiats, intervint William Baker. Quels sont-ils ?

Axel Jarmush eut une mimique évasive.

— Il y a eu des incidents avec des touristes, aussi nous leur conseillons de ne pas traîner en ville. Les habitants ont un tempérament peu sociable. Il est vrai qu'ils travaillent dans des conditions difficiles, perpétuellement sur le qui-vive. Quant à moi, je reste dans les cantonnements que le gouverneur a mis à notre disposition, en évitant le plus possible les incursions à l'intérieur de la ville.

— Mais quel est cet ennemi tant redouté, qui menace Thogar au point que ses habitants s'arment tels des mercenaires, et vivent comme des assiégés ?

— L'ennemi est partout, et se nomme la Ronce. Un banal végétal, une pousse — mais en vérité, une véritable cochonnerie ! Cette plante-tisseuse pousse partout, envahit tout, recouvre tout, prolifère et étouffe, croît sans cesse de manière accélérée. On ne peut sortir des murailles sans risquer de se faire piquer à tout instant par l'une des millions d'épines empoisonnées qui la hérisse. Et la moindre piqûre est mortelle !

— Vous voulez dire qu'une plante assiège la ville en permanence ? s'exclama Blade, incrédule.

— Quand vous verrez la Ronce, vous comprendrez pourquoi on lui livre une guerre sans merci. Même à l'intérieur des fortifications, il arrive que l'on découvre une fissure d'où émergent les filaments d'une Ronce. Et ces filaments se tordent comme des serpents, tout en grossissant ! Il faut se hâter d'appeler les brigades sanitaires, qui tranchent ces tentacules végétaux solides comme des câbles, et arrosent le tout de désherbants surpuissants. Le plus souvent, les détergents et les acides ne viennent pas à bout des plants les plus résistants, et il faut recourir à d'autres méthodes.

Blade et Baker écoutaient, dubitatifs, les révélations pour le moins suprenantes du jeune policier. N'y avait-il pas une part d'exagération dans ces paroles, trahissant moins une réalité que le désir fantasmé de rentrer au pays, sur Alma IV ? Mais d'instinct, les deux hommes d'affaires accordèrent leur confiance au jeune soldat.

Soudain, un *bip-bip* insistant vibra au poignet de l'aspirant. Celui-ci s'interrompit et inclina le buste.

— Pardonnez-moi de vous quitter sur l'heure, mes obligations me réclament. Si vous cherchez un endroit agréable où vider un verre, allez à l'*Aspic*. Le patron est un ami : dites-lui que vous venez de la part d'Axel Jarmush. Maintenant, je dois m'esquiver.

— Je vous en prie, fit Blade, parlant au nom des deux associés. Nous vous avons retenu assez longtemps.

Le jeune homme partit sans plus attendre. Blade et Baker le regardèrent disparaître derrière une casemate. Leur attention fut détournée par le reflux des passagères fortunées du *Bourlingueur II* menées par Jérémie Erikson, semblable à un berger ramenant son troupeau à l'enclos. Le gros homme soufflait et ahannait, pour se maintenir au niveau de ces demoiselles.

— Alors..., haletait-il, hors d'haleine. Ne vous avais-je pas prévenu... que cet infect endroit... n'avait rien de plaisant...

Les propos hachés du compère remirent de la gaieté dans le cœur de Blade et Baker, troublés malgré tout par le discours d'Axel Jarmush. Alors que les deux compagnons s'apprêtaient à rebrousser chemin, ils entendirent un rugissement lointain, provenant de la muraille, à l'ouest. Dix secondes plus tard, une colonne de fumée s'éleva, ample comme un incendie de forêt.

— Que diable se passe-t-il ici ? murmura Will Baker. Quel animal est capable de produire un cri de cette ampleur, profond comme une caverne ? Est-ce un monstre qui terrorise Thogar ? un dragon végétal se nommant la Ronce ?

Il ignorait que la réalité était plus incroyable encore, et que, très bientôt, le « dragon » s'abattrait sur lui et l'entraînerait aux frontières de la mort.

La fumée disparut aussi rapidement qu'elle était apparue, et bientôt il n'en resta d'autre trace qu'un nuage noir effiloché emporté par le vent.

— Avons-nous rêvé, ou bien est-ce une brutale décharge calorique qui a provoqué ce nuage de fumée ?

— Il existe un moyen de s'en assurer, décida Blade avec entrain : nous promener dans les rues, en glanant des renseignements. Nous finirons bien par trouver les informations que nous cherchons.

L'astrogare était dépourvue de carte des lieux, et Blade ne put trouver un guide local pour leur faire visiter la ville. Baker et lui s'aperçurent vite qu'un guide n'était pas nécessaire, car si chaque planète de l'Empire possédait un périmètre bien défini, aux alentours des spatioports, où étaient regroupés tous les lieux de plaisirs, même les plus sulfureux, Thogar échappait à la règle.

Après s'être promenés une demi-heure autour d'un spatioport morose, en regardant distraitement les allées et venues des chariots élévateurs transportant les caisses d'armes et les bidons de carburant des soutes aux immenses entrepôts érigés en bordure des pistes, ils furent accostés par un gamin d'une dizaine d'années vêtu d'une blouse large lui descendant juqu'aux genoux.

Ses avant-bras étaient recouverts de gantelets d'une cotte de mailles en blindage à base d'altaïrium, qui laissaient passer, telles des mitaines, des doigts menus, à la propreté douteuse. La cotte était éraflée en maints endroits, et ne semblait tenir que par un concours de circonstances.

— Pour un crédit, je vous fais faire le tour du patelin ! s'écria-t-il gaillardement.

Blade s'approcha doucement de lui, et lui mit une main sur l'épaule. Le gavroche eut un bref sursaut, comme si tout contact était automatiquement interprété comme une menace, voire un danger.

— N'aie pas peur... Comment t'appelles-tu ?

— Appelez-moi Joé, dit le gosse avec le plus grand sérieux. Vous êtes Terriens, pas vrai ?... Alors, mon offre vous intéresse ? Décidez-vous, mais je vous préviens, pas question de descendre en dessous d'un demi-crédit.

Baker eut un semi-sourire.

— Un crédit fera parfaitement l'affaire, à la condition que tu nous emmènes dans un bar nommé l'*Aspic*. Connais-tu cet endroit ?

L'enfant soupira.

— Peuh, si je connais ! Vous voulez vous rincer le gosier, quoi ! Marché conclu, aboulez la monnaie ! Le tenancier de cet assommoir s'appelle Rhom, il fabrique des tord-boyaux du tonnerre ! Si vous aimez avaler de la nitroglycérine...

Blade et Baker échangèrent un regard, amusés d'entendre ce petit bout d'homme s'exprimer dans cet argot plein de verdeur. Baker fouilla dans une poche latérale de son ceinturon et en sortit une petite pièce octogonale. Il la jeta à Joé, qui la rattrapa au vol avec dextérité.

— Tu as de bons réflexes, le flatta Blade judicieusement. Il te serait possible de t'engager dans la Spatiale, si tu avais l'âge.

— Ouais... Si je suis lassé de l'aventure, qui ne manque pas ici ! répondit savoureusement le gamin.

Il les entraîna le long de rues austères singulièrement désertes, où ne traînait pas le plus petit papier gras. Les trottoirs roulants étaient arrêtés, à moitié démontés : on apercevait le mécanisme rouillé sous les plaques d'acier mobiles en partie enlevées, qui faisaient paraître « édentée » la chaussée !

Blade se pencha sur une barre de métal qui n'était plus protégée.

— Outre qu'elle est très laide, cette voie est impraticable et dangereuse, il est facile de tomber dans la fosse ainsi découverte ! Cette cité est décidément bien négligée, tant par les autorités légales que par son commanditaire !

Joé haussa des épaules blasées :

— Ben, la Pharmamondiale ne nous a jamais envoyé d'éléments mécaniques de rechange, et les plaques d'acier, ça fait du bon blindage pour les fenêtres, pour le cas où il y aurait une pousse qui aurait réussi à s'infiltrer par en dessous, et à crever l'asphalte !

Leurs pas résonnaient, sinistres, dans les avenues

grises. Les bâtisses identiques basses et percées de meurtrières évoquaient des bunkers.

Ils s'enfoncèrent dans le quartier Ouest, où ne traînait pas même un chat.

— Ici, c'est la place de l'Empereur. Ce que vous voyez en face de vous, c'est le palais du gouverneur Lendor-Kasim, enfin, le ponte qui gère le pays, quoi !

La place de l'Empereur n'était qu'un carrefour un peu plus spacieux que les autres, au centre duquel se dressait un arbre-à-pinces de Xinraz tristement rabougri. Blade et Baker ne purent cacher leur surprise devant le spectacle qui leur était offert : le palais se résumait à une haute maison à ailes transversales dépourvue de charme, que rehaussaient seulement un portail à colonnades, et des cariatides paraissant soutenir de leurs bras la toiture plate. Cette fantaisie architecturale était la seule du quartier.

— Es-tu certain qu'il s'agit effectivement du *palais* du gouverneur ? s'étonna William Baker. Cet hôtel me paraît bien anodin pour abriter un haut fonctionnaire impérial.

— Ben, fit le gamin en haussant les épaules, les gouverneurs qui se sont succédé ont préféré utiliser l'argent de l'Empire pour la défense de la cité... Mais c'est la Pharmamondiale qui nous ravitaille en marchandises et en armes, et c'est ce qui compte, pas vrai ?

Ainsi, la firme pharmaceutique semblait faire la pluie et le beau temps sur cette colonie ! Blade et Baker commençaient à mieux comprendre la vie de la colonie. Ils apprécièrent à leur juste valeur la générosité et l'altruisme du gouverneur, qui préférait aux agréments de son confort personnel le bien-être commun. En tout cas, les révélations de Axel Jarmush se confirmaient à chaque pas, à savoir que les Thogariens ne cultivaient guère les relations sociales ; ils n'en avaient pas croisé un seul.

Joé les mena à travers un dédale de ruelles qu'il semblait connaître sur le bout des doigts, puis il montra du doigt une enseigne ballante saillant sur la rue, où se dessinait un serpent peint dont le corps, en sinuant, formait les cinq lettres du mot « Aspic ».

L'enseigne grinçait au-dessus de la porte sous l'action de la faible brise. La peinture délavée de la devanture était comme le serpent — écaillée.

— Voilà, les gars, fit le mioche en faisant glisser dans son gantelet (qui devait lui servir de porte-monnaie) la pièce qu'il n'avait cessé de tripoter durant le trajet, c'est pas que je m'ennuie avec vous, mais faut que je me sauve. J'ai plein de trucs à faire !

Déroutés, Blade et Baker le virent prendre le large. Il se retourna, leur jeta un clin d'œil canaille avant de disparaître en sifflotant gaiement un air à la mode.

— Les colonies éloignées valent le coup d'œil rien que pour vivre de tels instants ! fit Blade, philosophe. Ce gosse vaut bien en étrangeté un Jalx'Taar[1] ou un Glatxk Ganymédien...

Baker éclata de rire.

— Notre Joé n'est heureusement pas aussi dan-

1. Singulière créature ventrue, pourvue de six jambes annelées et d'une couronne de tentacules préhensiles aux extrémités filamenteuses, ceinturant le haut du corps. Un renflement parsemé de losanges gris et rouges lui tient lieu de tête. Sur leurs activités criminelles, voir *Piège dans l'espace*, déjà cité.

gereux que les sinistres spécimens que tu viens de mentionner !

— Cette réflexion vaut bien un coup à boire ! enchaîna Blade, cédant à son penchant pour l'étude des mœurs indigènes — et notamment celle des boissons exotiques, qui le faisait volontiers qualifier par son ami d'« épicurien du gosier » !

Ils poussèrent de conserve le portillon façon « western » du bistrot.

*
**

L'intérieur baignait dans une douce lumière chatoyante, tandis qu'une musique agréable venait chatouiller les tympans sans les agresser. Des tables rondes parsemaient la salle, sous d'imposants lustres-pendeloques brillant à mi-puissance.

La clientèle se réduisait à quatre personnes disséminées dans la salle vide.

— Pas besoin de se frayer un passage jusqu'au bar en jouant des coudes pour se tailler quinze centimètres d'espace vital ! railla Baker en avisant le maigre achalandage.

Un ivrogne au col défait ronflait bruyamment sur une chaise adossée en équilibre précaire contre un mur surmonté d'une glace. Sur la table en face de lui, une bouteille amphoriforme de Mlox-Ale était vide. Les autres consommateurs attirèrent plus particulièrement l'attention des deux visiteurs.

Les deux premiers étaient de robustes gaillards taillés en hercules ; ils étaient engoncés dans une blouse large et montante, de couleur bistre, qui leur dissimulait la nuque et le cou. Leur figure était dissimulée par la visière d'une casquette bleu marine, mais leur allure antipathique n'inspirait pas le désir de les accoster, ce qui n'était pas le cas du dernier client, lequel méritait sans conteste l'attention la plus soutenue : ce n'était autre, en effet, qu'une jeune femme solitaire, attablée à l'autre bout de la pièce devant un verre de diabolo menthe.

Baker fut intrigué de voir ainsi une si belle femme esseulée — car il s'agissait, à n'en pas douter, d'une créature de rêve : svelte, la jeune femme ne devait pas accuser plus de vingt ans. Sa tenue était d'une simplicité extrême si on la comparait à celles des grandes dames d'un certain âge qui faisaient le lot commun des passagères du *Bourlingueur II*. Mais la plus élégante de ces dernières, habillée dans la dernière création *made in Paris*, aurait pâli d'envie au vu de la silhouette exquise qu'enserrait une tunique mauve aux reflets perpétuellement changeants, dont chaque particule semblait vouloir attirer le regard à toute force. Ses jambes étaient moulées dans des bottes montantes de plastex.

« Une jeunette ! » aurait dit leur vieux camarade Red Owens, mais une jeunette dont la beauté aérienne et grâcieuse éclipsait celle des femmes que les deux hommes d'affaires avaient eu le plaisir de fréquenter durant le voyage.

— Eh bien, Will, referme donc ta mâchoire qui bâille à tous vents ! plaisanta Blade devant la mine épatée de son ami. Ne te laisse pas tourner la tête !

Il lui appliqua une bourrade affectueuse dans le dos, et Baker sembla se réveiller d'un songe heureux.

De peur de manquer de tact en poursuivant de manière approfondie leurs « investigations » visuelles, ils s'arrachèrent à leur fascination et s'approchèrent du comptoir en stratifié chromoïde, que le barman entreprenait de faire rutiler avec un bel acharnement.

— Qu'est-ce que je vous sers ? fit-il d'un ton rogue.

Sa peau burinée semblait avoir été cuite au four. Une vilaine cicatrice lui barrait la joue, lui conférant un aspect féroce peu engageant. Première impression qui allait se révéler fausse.

Baker s'accouda au « zinc ».

— Je me contenterai d'un White Heather, dit-il machinalement, absorbé dans la contemplation de l'image reflétée par la jeune inconnue dans la glace surmontant le bar.

Blade se grattait le menton, pensif, devant les bouteilles de toutes formes, multicolores, qui s'alignaient sur toute la largeur du bar.

— Axel Jarmush nous a recommandé vos cocktails.

La poitrine du barman se gonfla.

— Vous venez de la part de ce sacré lascar d'Axel ! s'exclama-t-il. Par l'espace, ça change tout ! Bon sang, faut croire que l'air du pays déteint sur moi, pour que je fasse grise mine aux arrivants, comme les lurons de cette cité ! C'est que ma gargote est assez loin du spatioport, je n'ai pas l'habitude de rencontrer des voyageurs. En dehors de quelques astros qui se sont donnés le mot, et de mes habitués, il passe rarement quelqu'un. Quand je dis spatioport... ça mériterait plutôt l'appellation de piste de bowling, question dimensions !

Les deux hommes retinrent un sourire entendu. Ils savaient maintenant d'où venait l'argot utilisé par Joé, leur petit guide !

— J'ai bourlingué pendant plus de trente ans sur une dizaine d'astronefs, disait-il, dont le célèbre *Serpentaire* qui s'est illustré pendant la Révolte des Cyborgs, avant de venir m'établir dans ces parages. Ce n'est pas que j'aime particulièrement le pays, — il faudrait être siphonné pour aimer un trou pareil ! — mais je tiens à ma tranquillité ! Thogar'min a été découverte récemment. Les services cosmographiques l'ont explorée il y a environ quarante ans, un peu par hasard ! et l'ont ouverte à l'exploitation avec des réserves : en effet, il n'a été découvert aucun gisement digne qu'on investisse dans son extraction. Le système comprend trois planètes terroïdes : Thogar'hel, Thogar'epsilon et Thogar'min. À l'exception de cette colonie, le reste du système est vierge, et non exploité par l'homme. Il faut reconnaître, la nature ne se prête guère à une exploitation intensive sur l'ensemble des planètes, le rendement y serait mauvais... y compris celle-ci !

Tout en parlant, il remplissait un verre pour Baker. Il se tourna vers Blade, d'un air de connaisseur conversant avec un initié, et sa voix se fit chuchotement.

— Pour vous, j'ai quelque chose de très spécial, quelque chose qu'on se passe sous le manteau. Mais trêve de grandiloquence, voilà l'objet !

Il manipula le cadenas d'une porte située sous le comptoir et sortit une bouteille de cristal remplie d'un liquide verdâtre, qui semblait puisé dans un marécage. Blade jeta un coup d'œil étonné et vaguement dubitatif à son ami.

— Je n'ai jamais vu une telle boisson auparavant, ni de breuvage de cette couleur...

— Production locale exclusivement ! La quantité

de liquide obtenue après distillation est si infime qu'on a renoncé il y a longtemps à en exporter. Allez, moi aussi je vais m'en jeter un derrière le gosier ! Faut être deux pour en écluser, l'un pour soutenir l'autre !

Il choisit deux godets minuscules, qu'il remplit à ras bord de liquide vert.

— Ça s'appelle du Jraz-Gorl, et vous m'en direz des nouvelles une fois que vous l'aurez bu, si du moins il vous reste des cordes vocales, matelot ! C'est qu'il en faut en acier trempé !... Ma foi, en dehors du suc de Thogar, c'est bien la seule mixture qu'on arrive à tirer de la Ronce... mais quelle mixture !

L'ancien astro saisit le verre entre le pouce et l'index avec la délicatesse d'un artificier déplaçant une grenade à plasma dégoupillée — puis, d'une secousse du poignet, la vida cul sec !

— Allons, mon vieux Ron, encouragea Baker à son oreille, ce n'est qu'un mauvais moment à passer, tu n'en mourras pas, du moins pas tout de suite ! Tu vas voir, ce n'est peut-être pas si terrible...

Le vieux loup de mer secoua la tête, les traits fripés comme si son visage avait pris dix ans en quelques secondes. Blade se dit qu'attendre ne servait à rien : de toute manière, en visitant la taverne, il s'attendait bien à ce type d'expériences. Cet alcool ne pouvait être pire que le « décapant » qu'il avait ingurgité sur Canopus, lors d'une visite, deux années auparavant...

Tout de suite après que le breuvage eut passé le cap du larynx, Ronny Blade se rendit compte qu'il s'était trompé : le Jraz-Gorl était bien pire que tout ce qu'il avait déjà bu au cours de sa vie passée. Et l'image de la grenade au plasma se révélait juste : elle venait d'exploser à l'intérieur de son estomac ! Il surmonta courageusement la toux qu'il sentait monter le long de sa gorge, et réussit à faire bonne figure.

— Tu avais raison, dit-il, la voix altérée.

— Quoi donc ?

— Je n'en suis pas mort.

— Force m'est de le constater !

— Mais j'en ai réchappé de peu...

L'ex-astro, quant à lui, fort de l'habitude qu'il avait de cette « dynamite liquide », s'était remis en un clin d'œil.

— Ça secoue les tripes, pas vrai, mon gars ? On a l'impression d'avoir le gosier vissé à la gueule d'un lance-flammes des murailles en pleine activité ! T'es un des rares à avoir supporté « l'attaque » sans broncher : maintenant, t'es affranchi. Moi, c'est Rhom.

Il lui tendit une patte velue que Blade, mal remis de ses émotions, saisit avec mollesse. Rhom la secoua dans un franc mais vigoureux *shake hand.*

Baker prit le relais de son vieil ami, et rendit sa vigoureuse poignée de main au barman.

— Je m'appelle William Baker, et voici mon associé Ronny Blade. Nous nous rendons sur Marsala pour affaires, et ne sommes ici qu'en qualité de touristes. À vrai dire, nous ne comptons pas rester longtemps dans le coin.

— Vous avez bougrement raison ! Il n'y a rien ici qui vaille la peine d'être vu.

— Quelle est la nécessité de posséder des lance-flammes ? interrogea Baker. Sur qui — ou sur quoi — sont-ils braqués ? Tout cela est bien étrange. À quelle drôle de guerre souterraine se livrent les Thogariens, et qui diable en est la victime ?

Comme il rangeait les verres dans un compartiment autonettoyant à bain d'ultasons, Rhom eut une moue désabusée.

— Oh, des morts, il y en a à longueur d'année ! La mort frappe les imprudents, les inconscients qui sortent de la ville sans protection. La Ronce règne partout à l'extérieur, et sortir signifie la défier. Les murailles constituent le seul rempart dont nous disposons. Il ne faut jamais oublier cela.

William Baker prit la parole.

— Si les lance-flammes entourant la ville fonctionnent en permanence, nous aurions dû distinguer les flammes lors de l'atterrissage. Or, je n'ai rien remarqué.

— La raison est simple : les lance-flammes disposés à intervalles réguliers dans la muraille ne fonctionnent pas en permanence. Sinon, nous aurions vite fait de vider nos cuves d'essence gélifiée. Les lance-flammes se mettent automatiquement en marche à tour de rôle, quelques minutes par semaine, afin de repousser les excroissances de la Ronce.

— Il suffirait de remplacer l'essence gélifiée par du Jraz-Gorl ! lança Blade en guise de plaisanterie. La Ronce rendrait grâce sur l'heure !

— Il n'y a que le feu qui la fasse reculer, sourit Rhom. C'est la seule arme qui arrive à maintenir efficacement la Ronce à distance... en général.

— En général ? répéta Baker.

— La Ronce est d'une résistance incroyable. Parfois, il faut utiliser des explosifs pour faire sauter des nœuds de tiges durcies qui s'agglomèrent pour former des nids dans lesquels s'étouffent les flammes.

Les deux hommes d'affaires écoutaient, fascinés, l'extraordinaire description de l'invraisemblable créature végétale qui s'étendait sur l'unique continent thogarien. La présence des lance-flammes expliquait sans doute l'étrange rugissement qu'ils avaient entendu au début de l'après-midi.

— Vous semblez dépendre totalement de la Pharmamondiale, fit remarquer Blade, songeur. C'est elle qui vous ravitaille en armes, et en moyens de destruction de cette fameuse Ronce. Que se passerait-il si elle cessait ses envois, ou qu'elle exige plus de suc en échange ?

Le vieux baroudeur des étoiles roula des yeux affolés dans la salle, pour vérifier si personne n'était à portée d'oreille. Il y eut un moment de silence gêné.

— Faites gaffe à ne pas causer trop vite. Ça aurait vite fait de tomber dans des esgourdes malhonnêtes. Avec moi, vous ne risquez rien, mais évitez de tenir ce langage en public. Ce genre d'histoire est mal perçue par la population. Et de toute façon, vous vous trompez. La Pharmamondiale ne nous a jamais conseillé de récolter plus de suc que ce qu'on a l'habitude de lui fournir. On a assez de difficultés avec la Ronce et le peu de matériel dont on dispose pour se préoccuper de problèmes de gestion... Vous pigez ?

Il avait eu un regard aux dockers attablés, silencieux, à l'écart. Les deux businessmen opinèrent du chef (les paroles du tenancier de l'*Aspic* étaient suffisamment éloquentes), tandis que Rhom se hâtait d'aborder un domaine moins compromettant : sa carrière de simple homme d'équipage, d'officier de pont, puis de commissaire de bord dans la flotte marchande, sujet où il était beaucoup plus à l'aise pour s'exprimer, voire intarissable ; il donnait maintes précisions sur les astronefs sur lesquels il avait voyagé, citait le nom des commandants.

Mais ces renseignements ne parvinrent pas à chasser certaines questions assaillant le cerveau de Blade et Baker : comment expliquer l'hostilité dont, selon Axel Jarmush et Rhom, les citoyens de Thogar faisaient soi-disant montre vis-à-vis des étrangers ? Était-elle en relation avec le rôle de la société pharmaceutique sur Thogar'min ? La planète, ils en avaient l'intuition, était loin d'avoir livré tous ses secrets.

La jeune femme avait terminé de siroter sa boisson, et s'éloignait vers la sortie. William Baker épia sa démarche chaloupée, admirant au passage la souple finesse de sa taille.

Aussitôt après qu'elle se fut levée, l'un des dockers vida son verre, et les deux gaillards poussèrent leur chaise de conserve. Le portillon pivota pour laisser passer l'inconnue, talonnée par les deux hommes.

CHAPITRE III

William Baker fut le premier à entendre le hurlement de pure terreur qui vrilla l'air, en provenance de l'extérieur, juste en face de la devanture de l'*Aspic*. Aussitôt, il bondit sur ses jambes, suivi de peu par Ronny Blade : la jeune fille entrevue quelques secondes auparavant était seule susceptible d'avoir crié de la sorte.

Le portillon les jeta sur la chaussée, tandis que la jeune femme était aux prises avec les deux « molosses ». Le premier tenait la jeune femme par son opulente chevelure blonde, tandis que le second, qui lui avait passé un bras musclé à la taille, tentait de faire glisser la ceinture de lamé qui maintenait la tunique violette fermée !

La brute s'acharnait sur le fragile rempart qui séparait les énormes battoirs qui lui servaient de mains, de la voluptueuse sensualité de la silhouette convulsée. La femme ne parvenait plus à crier. Elle se contentait de jeter de petites plaintes pitoyables, entrecoupés de sanglots.

Mais toute précipitation pouvait se révéler fatale à la belle inconnue. Mieux valait, dans un premier temps, attirer l'attention des deux agresseurs.

Baker se domina et lança, très haut, d'un ton chargé de mépris :

— Comme c'est courageux, vraiment ! Deux pauvres gaillards encerclés par une femme, et contraints de la violenter ! N'ayez crainte, nous venons vous aider !

Les deux hommes interloqués eurent une seconde d'hésitation, dont Baker profita : il avança, saisit la brute la plus proche — laquelle se débattait avec la ceinture récalcitrante — et lui imprima une secousse qui lui fit lâcher sa proie. La jeune fille poussa un cri aigu de douleur, tandis que son tourmenteur allait s'étaler de tout son long dans le caniveau !

— Mille excuses, dit Baker d'une voix faussement prévenante, je ne voulais pas vous faire de mal. Vous n'êtes pas blessé, au moins ?

Blade, de son côté, allongea un coup de botte dans l'abdomen du « molosse » en train de se relever, qui s'affala alors pour de bon, et ne bougea plus, étendu pour le compte.

— Désolé de salir votre blouse, dit-il narquois, mais je crois qu'il y avait déjà une tache !

Le second nervi lâcha la jeune femme et extirpa un couteau d'une poche à fermeture magnétique de sa blouse bistre. Il le pointa sur Baker.

— Toi, ne t'en mêle pas, étranger, sinon je te surine aussi sec ! Nous, tout ce qu'on veut, c'est causer à la p'tite dame sans être dérangés... Allez, du balai !

— Dans ce cas, nous allons devoir nous immiscer dans la conversation ! lui retourna l'homme d'affaires en se plantant fermement face à son adversaire.

Il attendit l'assaut, lequel ne tarda pas à venir. Le

couteau haut levé, l'autre se rua sur lui... Il n'eut pas le temps de comprendre ce qui lui arrivait qu'il se retrouvait à terre, l'œil poché, le couteau hors de portée !

Son vainqueur se dressa au-dessus de lui, les poings serrés, menaçant, l'œil enflammé :

— Il te reste une solution, sale canaille portuaire : disparaître avec ton ami pendant que je suis dans de bonnes dispositions, ou bien...

Le caïd désormais bien dégonflé ne se le fit pas dire deux fois : il attrapa son compagnon par le col de sa blouse, et ils filèrent en titubant, sans demander leur reste.

— Qui t'a enseigné cette prise ? demanda Blade à son ami.

Baker relevait la jeune fille choquée, encore sous le coup de l'émotion. Elle tentait de mettre de l'ordre dans sa chevelure emmêlée... ce qui tendait à prouver l'intangibilité d'un « éternel féminin » que les siècles n'avaient pu effacer !

William Baker se frotta négligemment les mains, et reprit avec un air faussement modeste :

— C'est un petit « truc » que j'ai vu faire par Red Owens. Celui-ci pratique un art martial originaire de Véga IV, le *Ling D'Gahong.* Il m'a suffit de répéter ce coup contre ce balourd, et le tour était joué !

— Épatant ! s'exclama son ami. Tu as l'air vraiment doué dans cet art !

— J'avais de bonnes raisons de l'être, rétorqua Baker en rougissant. Mais je ne passerais pas le premier *Kheer* des championnats amateurs d'arts martiaux extraterrestres...

Cette fois, sa modestie n'était pas feinte ; il la dissimulait simplement sous un vernis d'humour.

— Je crois surtout que tu as plus d'un tour dans ton sac !

Il se tourna vers la jeune fille, qui tentait pudiquement de rajuster sa tunique dont plusieurs attaches avaient sauté, laissant entrevoir d'affriolantes rondeurs.

— Est-ce une coutume locale d'agresser les jolies filles ? s'enquit-il, ironique. Curieuses mœurs, en vérité ! Heureusement, vous êtes indemne. Savez-vous qui étaient vos... cavaliers ?

— Je l'ignore. Ce que je sais, c'est que je vous dois la vie..., murmura la jeune fille au bord des larmes.

— Une fière chandelle, tout au plus ! sourit Baker, plaisantant dans le but de rassurer la jeune fille traumatisée. Mais si vous nous disiez votre nom ? Moi, c'est William Baker, et voici mon associé, Ronny Blade... Au fait, vous pouvez m'appeler Will !

Blade n'avait pas eu le loisir de détailler le visage des agresseurs, mais ils lui rappelaient confusément quelqu'un qu'il avait vu récemment. La voix rauque pouvait émaner de n'importe quel docker de l'astroport. Quel élément de leur anatomie avait déclenché ce souvenir diffus ?

Ne pouvant cerner l'image, le businessman revint au présent, pour saisir un bref tressaillement chez la jeune femme, que son camarade s'efforçait de réconforter entre ses bras, tressaillement qu'elle ne chercha nullement à réprimer. L'attirance qu'éprouvait Baker envers Toara était de toute évidence réciproque, cette dernière n'était pas insensible au charme du mystérieux aventurier qui lui avait sauvé la vie.

— Excusez-moi de ne pas m'être présentée plus tôt, fit la jeune fille en redressant fièrement le buste.

Elle coula un regard troublé à Baker.

— Je vous dois tant... Mon nom est Toara Lendor-Kasim. J'habite place de l'Empereur.

Ils avaient souvenance d'un carrefour un peu plus grand que les autres, au centre duquel trônait une misérable plante xinrazienne. Le nom de la jeune fille aussi leur disait quelque chose...

— Lendor-Kasim, c'est le nom du gouverneur de Thogar'min ! se souvint brusquement Blade.

— Je suis sa fille, dit Toara. Mon père traite avec la Pharmamondiale. Mais cela ne modifie en rien le fait que vous m'avez sauvée de ces brigands, alors que vous ignoriez mon identité ! Demandez-moi ce que vous voulez, j'essaierai d'accéder à votre requête.

Blade devança son ami :

— Baker... je veux dire, Will et moi-même, mourons d'envie de visiter le pourtour de la ville et les murailles, pour voir enfin cette Ronce dont on nous a tant rebattu les oreilles ! Nous n'avons quasiment rien pu apercevoir de l'astronef. L'astroport étant situé en plein centre de la ville, quand nous aurions pu apercevoir les détails, la hauteur des murailles montant autour du vaisseau en phase d'atterrissage était trop grande...

— Accepté ! fit Toara en éclatant d'un rire cristallin. Nous pouvons nous y rendre sur-le-champ si vous le désirez, mais ne vous attendez pas à quelque chose de très spectaculaire...

Les deux hommes d'affaires ne se laissèrent pas fléchir et suivirent Toara à travers un dédale de rues guère plus animées que les précédentes.

— Nous allons dans les quartiers extérieurs, indiqua-t-elle obligeamment.

Elle parlait sur un ton libre et entreprenant, et Baker admira la rapidité avec laquelle elle avait récupéré de l'espèce « d'état de choc » qui l'avait tenue prostrée quelques minutes. Cette charmante personne avait décidément des ressources insoupçonnées !

— Une chose me chiffonne, disait Blade. Si les citoyens de Thogar ont si peur de sortir, comment font-ils pour récolter ce fameux suc ?

Toara le fixa intensément, l'étonnement se lisant dans ses yeux. Un étonnement qui fit aussitôt place à un malaise inexplicable. Elle se racla discrètement la gorge, et ses joues rosirent ; elle cherchait manifestement ses mots. Inconsciemment, elle accéléra le pas, comme si elle avait hâte que la visite se termine. Baker essaya de la mettre plus à l'aise :

— Eh bien, est-ce donc si grave ? Vous ne tuez personne pour l'obtenir, ce suc...

— Personne ne vous a dit... Cela se comprend, nous n'ébruitons guère le troc auquel nous contraint la Pharmamondiale pour obtenir ce fameux suc de Ronce...

— Voilà qui expliquerait l'hostilité apparente des Thogariens envers les étrangers ! s'exclama Baker.

— Un troc ? s'étonna Ronny Blade. Mais avec qui ? Je croyais qu'aucun être humain ne pouvait vivre dans la Ronce. On nous aurait donc menti ?

— Ce qu'on vous a dit est la stricte vérité, dit vivement Toara. Nul homme ne peut vivre dans la

Ronce, il y serait immédiatement empoisonné par une épine, traîné dans la verdure par les charognards, et dévoré sans pitié...Non, nul homme ne peut vivre dans l'univers de la Ronce...*en revanche, ceux qui y vivent et prospèrent, les habitants de la Ronce, ne sont pas humains* !

La rue étroite qu'ils empruntaient descendait en pente douce jusqu'au pied de l'enceinte. Les deux hommes d'affaire demeurèrent silencieux, attendant la suite.

— Nous les appelons les Ronceux... mais on ne les évoque que rarement. Ce sont des extraterrestres, humanoïdes, certes, et parfaitement conformés quant à l'anatomie... cependant, une différence fondamentale les sépare de nous : eux sont immunisés contre la Ronce.

Blade perçut dans les paroles de Toara le caractère péjoratif que revêtait le terme « Ronceux ».

— Vous voulez dire que ces fameux Ronceux vivent *à l'intérieur* de la Ronce ?

— Ils vivent comme des insectes, en tribus nomades, tirant on ne sait comment ce dont ils ont besoin à la plante. À vrai dire, nous limitons au maximum nos relations avec eux.

— Mais vous entretenez des relations commerciales, plaida-t-il. Vos deux communautés, d'une manière différente sans doute, mais de manière indiscutable, vivent de la Ronce !

La jeune fille renifla avec mépris, mais une certaine gêne perçait dans sa voix quand elle corrigea :

— Relations commerciales est un bien grand mot pour désigner un troc rudimentaire, où nous écoulons un stock de marchandises contre des galons de suc brut. Ces « relations » s'arrêtent là. Les Ronceux se livrent, dès qu'ils le peuvent, à des déprédations sur le matériel qui nous protège de la Ronce... Nous ne pouvons avoir entièrement confiance en eux. S'ils ne nous fournissaient pas régulièrement en suc brut, nous les laisserions où ils sont, et gare à eux s'ils venaient à approcher !

Elle parut soulagée qu'ils arrivent en dessous de l'enceinte, qui s'étendait à gauche et à droite, en s'incurvant légèrement de façon concave. Blade comprenait les rapports schizophréniques qu'entretenaient les Thogariens et ceux qu'ils dénommaient les « Ronceux »... obligés de commercer avec des êtres aux réactions incompréhensibles, et parfois agressives sans raison...

Cela expliquait vraisemblablement la répugnance qu'ils avaient de révéler au tout-venant les étranges relations qui les liaient aux Ronceux et à la Ronce. Cette cité édifiée au XXIVe siècle, à l'abri d'une muraille de style médiéval, valait assurément le détour...

Il avança la main vers la muraille aveugle qui se hissait à la hauteur d'un immeuble de dix étages. Aussitôt, il remarqua que celle-ci n'était pas ordinaire : aucune pierre de fondation n'était visible, ni de joints de ciment ; la muraille était constituée d'un seul bloc de roche noire, opaque et feuilletée comme du granit — ce qui était tout bonnement impossible !

Toara s'amusa de l'étonnement passager qu'ils éprouvèrent, puis les rassura :

— L'enceinte est en fait naturelle ; elle a été formée à partir du relief issu de l'impact d'un météorite, datant selon toute probabilité de plusieurs millénaires. Bien entendu, lors de l'édification de la ville, il a fallu égaliser les sommets, et polir les contreforts à l'aide de foreurs protoniques tels qu'en utilisent les mineurs, sur les astéroïdes.

Il fallait se rendre à l'évidence, aussi invraisemblable que cela pût paraître, c'était dans un cratère météorique qu'avait élu domicile la cité de Thogar'min !

— Ce serait une mode à lancer au sein de l'Empire, prononça Blade afin de dissimuler la sensation vertigineuse qui l'étreignait — la sensation de l'inconnu à portée de la main, qui justifiait à elle seule tous les désagréments d'un voyage aux confins de la galaxie. Bâtir des villes à l'intérieur d'un cratère, quel tabac cela ferait !

— Bah, au diable la mode, et laissons-nous griser par le spectacle ! Mais j'y pense, il y a bien un « chemin de ronde » au sommet de cette muraille ?

Toara les prit par le bras. Elle eut une moue qui ravit William Baker :

— Les sommets sont interdits aux touristes, toutefois je pourrai obtenir de mon père une dérogation, une fois revenue au Palais. Des sentinelles sont placées tous les cent mètres lorsque l'activité biologique de la Ronce s'accélère et que sa croissance explose littéralement... mais ce n'est pas le cas en ce moment, et les lance-flammes automatiques suffisent à repousser les assauts végétaux.

Le businessman sourit : la mystérieuse plante le fascinait de plus en plus, alors qu'il ne l'avait même pas encore vue !

Toara leva le bras en direction du sud, provoquant par son geste une cascade de cheveux blonds sur ses épaules fines :

— Il y a une porte, située à cent mètres d'ici. La

courbure des murs nous empêche seulement de la distinguer.

— Eh bien, qu'attendons-nous, dit Blade, impatient à l'idée d'étudier *de visu* la plante tant redoutée.

Ils furent rendus en deux minutes. Une porte gigantesque, couverte de plaques de blindage fixées par des boulons de la grosseur d'un poing, se découpait dans la paroi monolithique. Les plaques rutilantes se chevauchaient, évoquant les squames d'une carapace de tortue géante qui n'aurait cessé de croître. De plus, une herse retenue par d'énormes chaînes pesait au-dessus de l'entrée, prête à s'abattre à la moindre velléité de tentacules végétaux de forcer l'entrée.

— Vraiment impressionnant, commenta Blade. La Ronce n'a qu'à bien se tenir !

— Ne croyez pas cela, rétorqua Toara, la mine soucieuse. De nombreuses portes de ce type ont cédé aux coups de boutoir des tentacules-béliers qui se forment périodiquement à l'intérieur de la Ronce. Combien de temps tiendra-t-elle, nul ne saurait le dire. Jusque-là, elle n'a subi aucun assaut...

Un interphone était logé dans la pierre, près de l'entrée. Toara appuya sur le bouton de communication, colla sa bouche contre le grillage du sésame électrique relié au sommet, où se trouvait le mécanisme commandant l'ouverture des portes, et glissa quelques mots. Apparemment, être la fille du gouverneur avait ses avantages ! Mais il serait mal venu de le lui faire remarquer, car la jeune fille ne semblait pas abuser de sa parenté.

Elle reçut en réponse une phrase grésillée que ses

compagnons ne purent saisir, mais dont ils comprirent aisément le sens : pourquoi sortir de la ville, quand on n'a rien à y faire ?

Toara répliqua d'une voix sèche, puis appuya de nouveau sur le bouton afin de mettre fin à la communication.

— Nous n'avons droit qu'à un quart d'heure, dit-elle. Un déchargement de marchandises de troc va avoir lieu bientôt, il ne faut pas que nous gênions la manœuvre.

— Entendu ! firent Blade et Baker d'une même voix.

Elle recula, comme un raclement de métal se répercutait contre la voûte hérissée des pointes de la herse de protection. Puis la porte commença à s'ouvrir, bâillant sur l'extérieur. Toara eut un frisson involontaire, et Baker, d'instinct, passa un bras autour de sa taille. La jeune femme nicha sa tête au creux de son épaule, et le couple franchit la barrière séparant Thogar de la Ronce.

***

Ils s'attendaient à tout, sauf à cela.

La lande qui s'étendait sous leurs pas ne ressemblait à rien de connu. Ils foulaient une dune de cendres d'où émergeaient des brandons froids, des racines tordues, noirâtres, semblant des restes carbonisés de serpent. Il planait dans l'air un parfum de fumée refroidie mélangée à d'infimes exhalaisons de pétrole, ou d'hydrocarbures non brûlés.

Ils remarquèrent à peine l'épaisse porte blindée qui se refermait sur leurs talons.

Blade se baissa pour saisir un bout de racine friable.

— N'y touchez pas ! avertit Toara.

Il suspendit son geste, à quelques centimètres d'une racine inoffensive — en apparence.

— La Ronce, même morte, est dangereuse ! Beaucoup y ont laissé leur vie pour avoir méconnu ou négligé cette règle ! Les prolongements de la Ronce dévorés par le feu sécrètent une substance pour s'en protéger. Cette substance n'est efficace que lorsque la racine ou la branche est soumise à un feu sans envergure, mais les lance-flammes sont heureusement trop puissants pour elle. Sous l'action des hydrocarbures en flammes, la substance se transforme en un poison neurotoxique mortel qui peut être inoculé par une écharde, ou même par simple contact !

Elle se colla plus étroitement à Baker, qui reporta son attention sur la muraille. Tous les cent mètres, un tuyau métallique évasé perçait la paroi, à une hauteur d'environ trente pieds — à mi-hauteur du sommet.

— Les buses des lance-flammes, murmura-t-il. La langue de feu qu'elles sont en mesure de produire est sûrement impressionnante... Nous en avons eu un aperçu auditif, tout à l'heure ! N'est-ce pas, Ron ?

Ronny Blade avait les yeux rivés sur l'enchevêtrement végétal qui commençait à la limite du désert de cendres, et s'étendait jusqu'à l'horizon et au-delà. Un plafond de grosses branches en lacis emprisonnait comme dans un filet des branches basses plus étendues ; une pénombre glauque, vaguement menaçante, régnait sur un inextricable fouillis de branches à piquants, de feuilles torturées et de racines adventives aériennes, noires et vert sombre, se balançant comme si une brise les soulevait. L'aspect animal des mouvements de la Ronce fascinait, et provoquait le malaise par son côté monstrueux.

— J'aperçois des branches au ras du sol, mais de pied nulle part, fit remarquer Blade en s'accroupissant pour mieux voir. On dirait que la Ronce est posée sur le sol, mais ne s'y ancre pas ! Où commence-t-elle et où finit-elle ?

— Nul ne le sait, affirma Toara. Une légende prétend qu'il existe un pied d'où partent les rameaux qui s'étendent sur tout le continent. Quant à moi, je ne sais que penser : dès qu'inconnu et mystère s'en mêlent, l'homme est rapide à embellir les maigres faits et témoignages dont il dispose !

Baker nota que la jeune femme, malgré son âge, faisait montre d'une acuité d'esprit remarquable. Elle était plus intelligente que la plupart des femmes douées d'un physique avantageux, sur lequel elles « misaient » pour réussir en société. Penser que les deux brutes auraient pu abuser d'elle lui fit bouillir le sang rétroactivement !

— Personne ne sait d'où vient cette plante, poursuivait Toara. Des xénobiologistes ont supposé qu'un nuage de spores interstellaire a fécondé toute la planète en même temps. Ce qu'ils n'expliquent pas, c'est l'impression d'unité que dégage la forêt entière, comme si chaque fragment était relié aux autres, pour constituer une entité unique ! Je sais que cela paraît fou, mais...

Blade et Baker évitaient, lorsqu'ils côtoyaient des civilisations extraterrestres, de prendre au sérieux les arguties religieuses et les interdits culturels (les plus communs portant sur les vêtements, censés préserver la « vertu » et la « dignité » publiques) pratiqués par les indigènes ; mais en cet instant, sans qu'ils pussent se l'expliquer, ils partageaient avec la jeune fille la sensation surnaturelle, mystique, d'*unité* que dégageait la plante.

D'étranges fleurs jaunes ocellées de noir, de la taille d'une tête, poussaient aux enfourchures des branches et des racines aériennes de ce végétal immense dans son étendue mais dont la hauteur n'excédait pas quelques mètres. Troncs, lianes, racines et même les feuilles grasses portaient en abondance des épines d'un brun sombre, dont la longueur s'échelonnait de quelques millimètres à vingt centimètres.

Une brise souffla vers eux, venant de la plante, portant aux narines du petit groupe une odeur délicieuse, sucrée et amère en même temps, acidulant littéralement l'atmosphère. Toara frissonna.

— La Ronce nous fait savoir qu'elle a perçu notre présence. Elle nous dépêche un message olfactif, nous avertissant de ne pas pénétrer dans son domaine. Il ne faut jamais s'approcher de la lisière. Sous aucun prétexte !

Blade se demanda si les craintes de la jeune fille n'étaient pas quelque peu exagérées. Son compagnon remonta des yeux la muraille, derrière eux. La clairière calcinée s'étendait à vingt mètres à droite et à gauche, puis le tapis végétal se refermait implacablement, reprenant les droits cédés contre son gré sur une parcelle de son territoire.

— Cette zone reste dégagée en permanence, car c'est ici que sont déposées les marchandises destinées à être troquées avec les Ronceux. Ailleurs, la Ronce lèche les murailles. Nous sommes obligés de rationner le combustible de nos lance-flammes, la société pharmaceutique n'en délivre qu'au compte-gouttes.

Baker perçut le regret perçant dans la voix de Toara.

— Sous quel prétexte ? Aujourd'hui, les hydrocarbures sont fabriqués à vil prix, et leur approvisionnement ne pose aucune difficulté.

— Ils invoquent le danger de convoyage. Ils bénéficient de l'exclusivité du transport à l'importation comme à l'exportation des marchandises sur Thogar'min. En conséquence, nous ne pouvons rien dire. Nous sommes trop heureux quand arrive enfin leur vaisseau de ravitaillement pour songer à protester !

Ce témoignage rejoignait celui de Joé, qui ne songeait pas à se plaindre de la carence en matériel manufacturé acheminé ordinairement par la toute-puissante Compagnie.

Les deux businessmen se consultèrent du regard. Tous deux pensaient simultanément la même chose : une fois le contrat avec la Pharmamondiale mené à bien, rien n'empêcherait le *Bourlingueur II*, ou un autre vaisseau de leur flotte, de livrer du précieux carburant... disons en complément ! Il suffirait pour ce faire de convaincre le gouverneur impérial de Thogar'min, qui se trouvait être le père de Toara Lendor-Kasim... Le commerce interplanétaire était d'essence libérale, et la concurrence s'exerçait librement. L'implantation de comptoirs était une des conditions essentielles du succès de la colonisation de l'espace par l'espèce humaine et les espèces extraterrestres associées à la grandeur et la pérénité de l'Empire terrien.

S'ils dirigeaient ce comptoir, nul doute qu'ils fourniraient plus de moyens de défense aux « assiégés » que la Société ne le faisait jusqu'à ce jour. Le gouverneur Lendor-Kasim les aiderait sûrement en ce sens. Quelles motivations pouvaient bien pousser les dirigeants de la Pharmamondiale à agir de la sorte, maintenant la colonie aux extrêmes limites de la survie ?

L'œil vif de Blade accrocha une minuscule tache verte dans la croûte cendreuse qui recouvrait la lande dans un linceul de stérilité. Il s'en approcha et s'accroupit. Se pouvait-il que...

— Je n'en crois pas mes yeux ! s'exclama-t-il à l'adresse de Baker et Toara. Une pousse parvient à percer dans ce désert brûlé !

Instinctivement, la jeune fille fit un bond de côté, comme si elle venait de subir la piqûre d'une épine.

— *Où cela ?* hurla-t-elle, hystérique.

Blade pointa le doigt sur une frêle tige d'un vert d'aquarelle, une maigre pousse guère plus épaisse qu'un brin d'herbe, surmontée d'un bourgeon de la taille d'un ongle. La tige oscillait de droite et de gauche, comme poussée par une force souterraine qui la forçait à sortir. Toara parut alors être saisie d'une brusque frénésie meurtrière : avant qu'ils ne puissent la retenir, elle sauta à pieds joints sur le jeune plant et le piétina avec une sauvagerie inimaginable ! Son accès de folie cessa aussi brusquement qu'il était apparu, laissant sur le sol un petit tas de débris écrasés.

Elle aspira une grande goulée d'air qui refoula la terreur dans son regard ; elle redevenait normale.

— Vous ne pouvez pas comprendre..., murmura-t-elle, subitement contrite : dès l'enfance nous est inculquée l'abhorration de la Ronce ! Chaque famille compte au moins une victime de la plante, morte à la suite de la piqûre d'une épine, du contact avec un tronc ligneux, ou d'autres accidents mortels dont la liste serait trop longue à énumérer... La seule vision de la Ronce est un spectacle insupportable pour certains...

— Calmez-vous... Nous comprenons, chuchota Baker en la prenant aux épaules, le regard toujours fixé sur la pulpe verte.

Il concevait mal la rage qui avait animé la jeune femme pendant quelques instants. Il ne doutait pas de la douceur fondamentale de cette dernière, c'était un être humain normal, comme les autres Thogariens. Mais leur attitude se transformait du tout au tout dès qu'ils étaient mis en présence de la Ronce.

William Baker n'était pas loin de croire que l'âme humaine recelait plus de mystères que la jungle impénétrable qui s'étendait, implacable et menaçante, devant ses yeux !

— Parlez-nous de votre père, ajouta-t-il, profitant de l'avantage que lui conférait sa position privilégiée auprès d'elle.

Elle renifla.

— Mon père, Lendor-Kasim, est un homme doux et généreux. Il a été nommé comme représentant de l'Empire il y a quinze ans, après des élections locales qui devaient décider qui se présenterait sur les listes de prétendants. Mon père l'a emporté haut la main. La population l'aime et le respecte pour son altruisme et son désintéressement, mais elle sait qu'il ne peut faire grand-chose sans l'aval de la Pharmamondiale : c'est elle qui nous approvisionne en denrées utiles, voire indispensables quand il s'agit d'instruments défensifs. Avec les attaques inexplicables des Ronceux, il faut les changer régulièrement. Il est normal après cela que la Société ait voix au chapitre...

— Normal..., grommela Baker, qu'est-ce qui est normal sur ce satané bout de caillou ?

— Attention, Will, ton langage va finir par ressembler à celui de Joé — voire à celui de Sherwood !

— Quand je pense qu'Andy est sans doute en train de « flamber » au casino du spatioport de Marsala en compagnie de Red, à nous attendre, tandis que nous...

Ronny Blade jeta un coup d'œil en coin à Toara, puis glissa à son ami :

— Ne te plains pas trop...

— Peuh ! C'est parce qu'elle m'a vu le premier, mais tu ne la laisses sûrement pas indifférente, crois-moi !

Toara, penchée sur le monticule où elle avait écrasé la pousse de Ronce, vérifiait à l'aide de petits coups de talon qu'il ne subsistait plus rien de la vitalité de celle-ci. Satisfaite, elle revint vers les deux hommes.

— Le quart d'heure est presque passé, déclara-t-elle. Il faut rentrer à l'abri des murailles de protection, sinon nous nous trouverions en état d'infraction. La législation est très sévère là-dessus, il y a parmi les plus jeunes trop de têtes brûlées qui ne pensent qu'à une chose : enfiler une armure-résille et se sangler dans un lance-flammes, avec l'idée saugrenue d'aller défier la Ronce.

Baker coula un regard vers la jeune femme.

— Saugrenu, d'aller défier la Ronce, alors qu'il y

a tant d'autres choses à faire, nettement plus intéressantes à l'intérieur !

Toara eut un petit rire et lui prit le bras.

Au sein de la Ronce, un mouvement du feuillage attira l'attention de Baker.

— Ron, il y a quelque chose dans les fourrés ! Peut-être est-ce là une occasion d'apercevoir enfin un de ces fameux Ronceux dont personne n'ose parler, jusqu'à en ignorer l'apparence exacte !

Avant que Toara ait pu protester, Baker s'élançait en direction du mouvement. Il parvint à la lisière de la forêt (si tant est que le terme s'appliquât à la masse ligneuse constituée d'une seule plante, ce que les Thogariens nommaient la Ronce) et écarta une broussaille de Ronce à demi sèche.

Il aperçut l'animal, cause du remue-ménage : il s'agissait d'un quadripode ongulé d'environ deux mètres de long, de couleur vert foncé parsemé de touffes de poils jaunes. Ses yeux étaient cerclés de taches noires et, n'était une courte trompe toujours en mouvement, sa tête rappelait celle d'un chien. Pour le reste, son corps trapu ressemblait jusque dans ses proportions à celui d'un tapir adulte. Les oreilles de l'animal en train de brouter se dressèrent droit sur sa tête lorsque le Terrien surgit en face de lui.

Il poussa une sorte de cri, à mi-chemin du barrissement et du couinement, puis ses courtes pattes se détendirent brusquement, et il détala dans un craquement de branches brisées.

— Eh bien, ça..., murmura Baker.

Il se tourna vers ses compagnons.

— Qu'était-ce ? demanda son ami en accourant, malgré les récriminations courroucées de Toara.

— Rien qu'un...

Il avança d'un pas décidé vers Blade. Son pied se posa sur une fine racine émergeant d'un bosquet. Soudain, la racine se tordit et s'enroula, à la façon d'un pédoncule animé, autour de sa cheville.

Celui-ci eut un sursaut de côté, et la radicelle se rétracta à l'intérieur du buisson, « aspirée » comme l'eût été un tentacule venant de subir une légère décharge électrique. Baker fit un pas en arrière.

— Aïe ! fit-il en portant la main à sa cheville. J'ai été piqué !

Toara changea de couleur et pâlit.

— Mon Dieu ! murmura-t-elle en se mordant le poing. La Mort Verte l'a frappé !

— Pardon ? fit-il, étonné, à la jeune femme.

Il la regarda un instant, puis Blade. Puis ses genoux ployèrent, et il tomba face contre terre, foudroyé.

CHAPITRE IV

Blade reçut son ami dans les bras, alors qu'il s'effondrait d'un bloc. Il le coucha à terre avec précaution, prenant garde à se tenir à distance de la Ronce.

— Mon Dieu, tout est ma faute..., sanglotait Toara convulsivement. Je n'ai pas été assez prudente, j'aurais dû vous obliger à enfiler la résille de sécurité recommandée pour la sortie...

Le businessman eut un bref regard à la jeune fille.

— L'heure n'est pas aux lamentations, mais à l'action. Qu'est-il prévu de faire en pareil cas ? Il y a certainement des consignes de survie, une procédure à suivre...

Elle secoua la tête.

— Votre ami est mort ! Le poison de la Ronce ne pardonne jamais...

Blade se pencha au-dessus de son ami, et fit glisser la fermeture magnétique du col de son justaucorps afin qu'il respire mieux. Il appliqua deux doigts à la naissance du cou, patienta quelques secondes.

— Il est en vie ! s'écria-t-il, sa voix trahissant son émotion. Il faut le transporter d'urgence dans l'unité hospitalière la plus proche !

Toara s'assit par terre ; elle se prit la tête entre les mains.

— Tout est joué...

Le Terrien secoua rudement la jeune femme par les épaules.

— Mais son cœur bat toujours ! Tant qu'il battra, il restera un espoir de le sauver.

— Hélas, croyez-moi, je le regrette autant que vous, il n'y a aucune parade contre cela.

Blade eut envie de la gifler tant la résignation imprégnant sa voix lui était insupportable. Il n'accepterait pas la mort de son ami sans réagir, sans tenter quelque chose.

Quand on s'en donnait la peine, il y avait toujours une issue à n'importe quel problème ! Baker n'était pas que son associé dans la B and B Co. Dans le passé, il l'avait sorti de situations inextricables, que d'aucuns auraient jugé perdues d'avance. Chacun avait sauvé la vie à l'autre sans hésiter, et créé ainsi les liens d'une amitié inaliénable qui ne s'était jamais démentie.

Le regard de Baker était fixe ; il ne vacillait pas. Le poison de la Ronce avait paralysé tous ses muscles d'un seul coup, à l'exception du cœur et des poumons. Dans le cas contraire, il serait mort en moins de trois minutes. Blade ignorait si derrière ce regard une conscience veillait ; il rabattit les paupières de son ami sur les globes oculaires, afin d'éviter que ces derniers ne sèchent dans leurs orbites — et peut-être, si le poison ne lui insensibilisait pas les nerfs, lui éviter d'inutiles souffrances.

— Le poison de la Ronce met quatre jours à atteindre les muscles respiratoires, expliqua Toara, et deux autres jours pour s'attaquer au cœur. À l'hôpital, on peut stimuler la respiration au moyen d'électrodes placées au niveau des muscles pulmonaires, mais cela ne représente qu'un sursis inutile, puisque le poison de la Ronce finit de toute façon par avoir raison du cœur.

Baker gisait dans la poussière cendreuse, sans un mouvement. Blade s'entêta :

— Il y a des animaux et des personnes qui vivent dans la Ronce, sans en souffrir le moins du monde. Comment expliquez-vous cela ?

Toara haussa les épaules.

— Je ne prétends pas expliquer ce que je ne comprends pas ! Les animaux et les extraterrestres (pour nous, ils sont confondus dans la même dénomination de Ronceux) possèdent une immunité naturelle, parce qu'ils sont nés dans la Ronce. On ne sait quel marché ils ont passé avec elle, pour qu'ils détruisent épisodiquement nos installations de défense. Nous ne communiquons jamais avec eux. Les objets de troc sont disposés par des camions blindés à la lisière de la Ronce, avec des bidons de tôle vides. Deux jours plus tard, nous récupérons les bidons pleins, ainsi que les objets dont ils n'ont pas voulu. C'est ainsi que se passe l'échange.

— Que sont ces objets ?

— Des babioles. Des miroirs, des allumettes pour faire du feu, des mini-modules magnéto-répulsifs destinés à porter sans se fatiguer leurs affaires, quand ils changent de camp...

— Des quolifichets, rien dont ils aient réellement besoin, commenta Blade songeusement. Le marché vous semble-t-il équitable ?

Les yeux de Toara flamboyèrent.

— Qu'importe s'il ne l'est pas ? Les Ronceux sont les Ronceux !

— Eh bien...

Il était inutile de poursuivre cette discussion, aussi l'homme d'affaires se tut-il. Il comprenait que la jeune femme, comme tous les Thogariens, faisait preuve d'un « blocage » psychologique vis-à-vis des Ronceux, résultant de la culture dont elle était issue, qui l'avait conditionnée. La confusion entre les extra-terrestres nomades et les animaux à l'intérieur d'un terme commun était révélatrice de ce blocage.

Il regarda à nouveau Baker, et constata qu'un faisceau de radicelles rampait en direction du corps, à raison de quelques centimètres par minute : la Ronce venait chercher son butin ! Il se retint de réagir comme Toara — c'est-à-dire d'écraser sous sa botte les extensions végétales. Il saisit le corps de son ami par les épaules, en ayant soin de maintenir sa tête à l'horizontale, puis le tira hors de portée.

Une sirène retentit de la muraille, qui faillit faire lâcher Blade tant elle était puissante. Le hululement dura une bonne minute avant de s'interrompre brutalement. Le Terrien dut attendre que ses oreilles cessent de bourdonner.

— Que se passe-t-il ?

— La sirène avertit les habitants de Thogar qu'un échange va avoir lieu, ceci afin de les prévenir que la porte va être ouverte pendant quelques minutes. Durant l'échange, les Thogariens évitent d'approcher des murailles. Elle a également pour but de prévenir les Ronceux que des bidons et des marchandises vont être déposées. Nous allons nous faire réprimander par les vigiles d'être restés aussi longtemps hors de l'enceinte ; de plus, nous serons gratifiés d'une amende.

Blade était disposé à payer n'importe quoi. Ses préoccupations étaient ailleurs. Il ne pouvait s'empêcher d'observer William Baker, immobile sur son linceul de cendres. Des sentiments violents l'agitaient ; pour la première fois depuis des années, il se sentait seul. Puis son regard se reporta sur Toara ; il s'aperçut que cette dernière était au bord de la crise de nerfs. Elle avait subi depuis tout à l'heure de multiples chocs : en premier lieu, deux hommes l'avaient sauvagement agressée, puis, pour remercier ses sauveteurs, elle avait dû surmonter la répulsion que lui inspirait l'extérieur de la ville et la proximité des Ronceux ; enfin, l'homme envers qui elle éprouvait de l'attirance venait de lui être ravie par la Ronce qu'elle détestait tant !

La porte s'ouvrit majestueusement sur un grondement de moteurs assourdissant, à la grande surprise de Blade, lequel était habitué aux véhicules dégravités qui, outre le confort dû à la lévitation artificielle ainsi créée, étaient totalement silencieux.

Trois gros camions roulaient au ralenti. Ils ressemblaient, se dit-il avec à-propos, à des « coffres-forts roulants ». L'emblème bleu marine de la Pharmamondiale frappait le flanc des lourds véhicules aux pneus bardés de plastolatex, un dérivé polymérisé du latex naturel, élastique et d'une résistance aux chocs à toute épreuve, comparable à celle de l'acier.

Les véhicules soulevaient dans leur sillage d'épaisses volutes de cendre. Le premier camion dépassa les deux piétons sans ralentir ; les autres suivirent le même chemin. Seul le dernier consentit à s'arrêter à leur niveau. Le conducteur, alourdi par une curieuse cotte de mailles serrées qui le corsetait de pied en cap, des gantelets semblables à ceux que portait Joé aux mains, sortit de l'habitacle blindé en ronchonnant.

— Qui êtes-vous, et que faites-vous ici ? En restant sur le terrain d'un échange, vous êtes passibles d'une lourde amende !

Le businessman se maîtrisa pour ne pas envoyer l'homme au tapis : son ami gisait dans la poussière, avec la perspective de mourir à brève échéance, et cet homme parlait de règlement !

— Mon ami a été piqué par une épine, sinon nous serions déjà partis ! dit-il. Et je ne ferai pas de problème pour payer l'amende. Maintenant, je suppose que votre camion est relié avec l'intérieur par un quelconque communicateur radio. Ayez l'obligeance d'appeler une ambulance.

Le conducteur obtempéra, devinant au ton autoritaire de son interlocuteur qu'il s'agissait moins d'une prière que d'un ordre. Il était au courant de l'arrivée d'un vaisseau de fret et de passagers au début de l'après-midi. Et il devinait aux vêtements simples mais d'élégante coupe de Blade que celui-ci était un de ces milliardaires voyageant pour le plaisir ou pour affaires.

— OK, j'appelle l'hospitalium, dit-il sur un ton neutre.

Il remonta dans l'habitacle et décrocha un combiné du tableau de bord.

— L'*hospitalium ?* questionna Blade à l'adresse de Toara.

La jeune fille expliqua de bonne grâce.

— L'hospitalium désigne l'établissement attribué au dépôt des personnes infectées par la Ronce...

Soudain, sa voix se brisa.

— Ma... ma mère a été... piquée par un plant qui

avait poussé dans un interstice de notre maison. L'épine l'a piquée au cou, de sorte qu'elle est morte en quelques heures ; elle venait juste d'être transportée à l'hospitalium.

Blade comprenait subitement la férocité et la haine avec lesquelles la jeune fille avait écrasé la pousse, inoffensive puisque elle ne possédait pas d'épines. En l'écrasant, interpréta-t-il, c'est toute la Ronce, le meurtrier de sa mère et sans doute d'autres proches, qu'elle écrasait.

Toara était bouleversée par l'évocation de ces tristes souvenirs. Elle parvint néanmoins à contenir ses larmes.

— Dites-moi comment la Ronce parvient à implanter des extensions à l'intérieur même de la cité. Je croyais celle-ci inexpugnable.

— Elle est inexpugnable à la Ronce prise dans son ensemble. Mais il faut savoir ce que recouvre ce terme : nous appelons *Ronce* l'entité organisée qui s'étend sur Thogar'min, et dont les plants ne constituent qu'une facette. J'ai dit que certains prétendaient qu'il n'y avait qu'une souche, et que la « forêt » n'est qu'un organe, mais ce n'est pas établi. À dire vrai, la Ronce nous est presque entièrement inconnue. Mais ce n'est pas grave : ce qu'il faut, ce n'est pas la connaître, c'est la combattre !

Blade se contint de répliquer que les deux termes, loin de s'opposer s'incluaient mutuellement. Il se promit d'avoir une conversation à ce sujet avec le gouverneur Lendor-Kasim. Toara poursuivit :

— Parfois, un spore porté par la brise se pose dans un terrain propice à sa croissance — une fissure, par exemple, où s'est déposé un peu de terre. Il suffit d'un cadavre de mouche pour déclencher son éclosion !

Dès lors, sa croissance s'accélère. Elle capture à l'aide de poils enduits de glu des insectes, qu'elle digère dans un sac rempli de diastases digestives. Ensuite, la jeune pousse — semblable à celle que j'ai écrasée, tout à l'heure — cherche à s'étendre par tous les moyens, afin de se « connecter » à d'autres plants, pour finalement rejoindre le reste de la Ronce. Une pousse qui n'a pas rejoint la Ronce déperit et meurt au bout de deux semaines. Ce fait concorde d'ailleurs avec l'hypothèse d'une entité immense, mais unique.

— Pourtant des animaux et des extraterrestres survivent en son sein, murmura Blade comme pour lui-même. Il doit y avoir un antidote, ou quelque chose qui permet de lutter contre le poison. La Pharmamondiale doit certainement mener des recherches pour découvrir un sérum ou un vaccin contre celui-ci.

Toara se caressa le menton en arborant une moue dubitative.

— Je n'ai pas eu vent de telles recherches... Mais ils doivent probablement en mener.

— Puis-je avoir un entretien avec votre père ?

La réponse de la jeune femme fut noyée par le bruit du camion de livraison qui repartait en direction de la lisière, mais au dessin de ses lèvres, Blade devina qu'elle lui donnait son assentiment.

*
**

L'ambulance stoppa devant le corps de Baker ; c'était une longue voiture blanche glissant sur coussin d'air, au flanc ornée d'un signe qui n'avait pas varié en plusieurs siècles, et que l'on retrouvait sur toutes les planètes de l'Empire : une croix rouge. Les ambulanciers étaient deux jeunes hommes qui semblaient effectuer leur tâche sans enthousiasme ; leur réticence s'expliquait sans doute par la répulsion qu'éprouvaient tous les Thogariens, sans exception, pour la Ronce. Les coutures de leur blouse blanche étaient tirées par une résille rigide, et leur jambes étaient caparaçonnées de bottes de cuir clouté. Ils considérèrent le corps sans aménité.

— Ça ne respecte pas les règles les plus élémentaires de sécurité, et ensuite, voilà où ça se termine : à l'hospitalium ! Quelle idée de sortir de Thogar !

Blade s'assura que le corps était embarqué avec douceur, puis il prit Toara par le bras et passa les murailles. La jeune femme fut surprise de la force de sa poigne.

— Vous me faites mal, lui reprocha-t-elle.

Il relâcha sa prise.

— Je suis désolé. Mais je livre à présent une course contre la montre. Je persiste à croire que Will n'est pas perdu. S'il existe un remède contre le poison de la Ronce, je le trouverai ! Au besoin, je rencontrerai les Ronceux.

— Non ! dit Toara avec véhémence, en s'accrochant à lui. Je ne laisserai pas la Ronce vous prendre, vous aussi !

Blade eut le tact de ne pas répondre.

Après le passage de la porte, ils furent accueillis par un patrouilleur local, un homme guère moins jeune que les ambulanciers, portant un pistolaser au côté et un mini-lance-flammes dont la lance était attachée à l'avant-bras. Ce dernier les tança vertement et leur infligea une amende de vingt-cinq orocrédits. Après le drame que venait de subir son ami, Blade n'avait pas le courage de protester.

— Accompagnez-nous chez mon père, le gouverneur Lendor-Kasim, proposa Toara au vigile. Je suis sa fille. C'est lui qui paiera l'amende.

— Bien, miss, s'inclina le vigile, très raide.

Elle se tourna vers son compagnon :

— Vous vouliez rencontrer mon père ? Vous allez être satisfait immédiatement.

Le vigile approcha le poignet de sa bouche. Il prononça deux phrases sèches dans le bracelet de son mini-communicateur.

Quelques secondes plus tard, un hélijet vint se poser dans la rue. Le trio s'engouffra dans la bulle en plastex des passagers. La pesanteur les tassa au fond de leur siège-cocon, puis, presque aussitôt, l'engin se posa sur la place de l'Empereur.

Le palais du gouverneur du comptoir de Thogar'min avait la forme d'un C, dont les crochets étaient constitués par les ailes, et la hampe par le bâtiment principal, une bâtisse austère et vieillotte qui n'était égayée que par quelques cariatides esseulées.

Ils passèrent un portail à colonnades fissuré, pour se retrouver dans une salle haute de plafond, dallée de céramique de Kenndor bleue et rouge. Des statues de style néo-kédalique d'une grande perfection formelle s'encastraient dans une série de niches luminescentes s'alignant jusqu'au pied d'un grand escalier de marbre bleu-gris.

Un planton en livrée attendait à l'entrée de la salle de réception. Il se leva précipitamment à l'approche de Toara.

— Bonjour, miss, vous paraissez bouleversée.

— Bonjour, Damien. Où est mon père ?

— Au salon. Il regarde la retransmission d'un concert qui passe à la Space o'vision en ce moment-même. Le concert se termine dans dix minutes. Dois-je le déranger avant ?

Elle eut un rire argentin :

— Inutile, mon cher Damien ! Nous attendrons dans la bibliothèque.

Damien regarda les deux visiteurs.

— Qui devrai-je annoncer ?

L'homme d'affaires se présenta, ainsi que le vigile.

— Mon service n'est pas terminé, dit celui-ci. Je ne peux m'attarder plus longtemps.

Toara expliqua la situation à Damien, qui disparut. Il réapparut quelques instants plus tard, et remit la somme au vigile.

La jeune fille conduisit Blade dans la bibliothèque, où ils patientèrent. Celui-ci parcourut de l'index les rayons de cassettes à cristaux, et en choisit une intitulée « *Les Premiers martyrs de la Ronce, 2344-2356* ». Il introduisit la capsule dans un lecteur automatique, qu'il régla sur dix minutes. L'ordinateur intégré du lecteur analysa les données, dont il fit un résumé de dix minutes d'une voix mélodieuse.

Le document ne lui apprit rien qui fût susceptible de lui fournir de plus amples renseignements sur la Ronce. Il relatait les premières incursions d'explorateurs terriens et d'ethnologues dans la masse de la jungle. Celle-ci avait refermé ses mâchoires sur elles, les broyant à jamais. Nul n'était jamais revenu de cet « enfer vert » à l'échelle d'une planète.

Le document ne mentionnait pas les touristes qui, à l'instar de William Baker, s'étaient fait piquer par la Ronce.

— Le concert doit être terminé, dit Toara. Papa ne nous fera pas attendre.

Damien entra dans la bibliothèque. Il pianota sur son communicateur individuel, reçut l'autorisation d'entrer et conduisit immédiatement les deux jeunes gens vers la porte du salon.

L'occupant de la pièce était en train de refermer les battants camouflant le large écran plat de la Space o'vision, imitant parfaitement une fenêtre au-dessus d'une cheminée factice. Le salon était cossu et habillé de couleurs chaudes ; un papier orangé pâle recouvrait les murs. Les fauteuils dégravités étaient tendus de cuir bordeaux. Des boiseries intégraient le mobilier aux murs pastels.

Le gouverneur Lendor-Kasim était un homme grand, aux tempes grisonnantes. Il s'avança vers Blade, la main tendue. Ce dernier la saisit, éprouva sa fermeté. Immédiatement, il fut séduit par cet homme au visage souriant, que les épreuves avaient marqué de multiples rides. Les rides font souvent ressortir le caractère qui a présidé à la vie de leur porteur. Si cela est vrai, le visage de Lendor-Kasim n'exprimait que bonté et droiture.

— Ronny Blade, de la Baker and Blade Company. Pardonnez-moi, Votre Excellence, de vous déranger sans avoir pris rendez-vous. Mais le temps me fait défaut, et...

Lendor-Kasim éclata de rire, ce qui eut pour effet de briser l'atmosphère quelque peu « guindée » qui avait présidé aux présentations.

— Vous ne me dérangez pas, je vous assure ! La caution de ma fille me suffit ; de plus, les étrangers se font trop rares sur Thogar'min, aussi n'ai-je pas beaucoup d'occasions de remplir mes devoirs d'hôte.

Le Terrien apprécia le langage ouvert du gouverneur, qui contrastait agréablement avec l'attitude généralisée des Thogariens depuis son arrivée sur la planète.

— La Baker and Blade Company, dites-vous... Que puis-je faire pour vous ?

— Papa..., dit Toara.

— Mon associé a eu un accident, alors que nous visitions les abords de la ville.

— Quelle sorte d'accident ?

— Une Ronce l'a piqué alors que nous observions la lisière, à l'extérieur des murailles.

L'homme s'appuya sur le dossier d'un fauteuil dégravité, qui s'affaissa légèrement sous son poids.

— Oh, je suis navré pour votre associé. Au ton de votre voix, j'imagine que vous étiez amis, n'est-ce pas ? Que diable alliez-vous faire au-dehors des murailles ?

Sa fille s'avança bravement :

— C'est moi qui les y ai emmenés.

— Sur notre requête, ajouta galamment Blade.

Il exposa longuement les raisons pour lesquelles ils s'étaient attardés sur Thogar'min, en minimisant leur intervention providentielle qui avait sauvé Toara, devant le bar de l'*Aspic*. Le gouverneur l'écoutait gravement.

— Certains faits m'étonnent, poursuivit-il. La B and B Co a passé un accord avec la Pharmamondiale afin d'assurer les transports que cette dernière n'est pas en mesure d'effectuer avant un mois. La Pharmamondiale possède des laboratoires de recherche et des usines de synthèse de produits pharmaceutiques sur plusieurs planètes. J'aimerais savoir si elle poursuit des recherches d'immunisation contre le poison de la Ronce.

Les sourcils de Lendor-Kasim s'arquèrent de surprise.

— À ma connaissance, non. Elle n'a apparemment jamais cherché à capturer des spécimens de faune ou de flore dans le but de les étudier, ni mené de recherches sérieuses en ce sens. Maintenant que vous en faites la remarque, je trouve cela curieux. Je suppose qu'il s'agit là d'une négligence.

Blade retint les soupçons qui lui montaient aux lèvres. Une « négligence » de quarante années ne pouvait guère s'expliquer que par la volonté évidente de *ne pas trouver un vaccin*... ce qui était en contradiction flagrante absolue avec les intérêts de cette société ! S'il était dans le vrai, pour quelle raison délirante se donnait-elle l'apparence d'aider une communauté, que dans l'ombre elle poignardait ?

Il avait sa petite idée là-dessus, mais il s'abstint d'en toucher un mot à ce gouverneur pusillanime. S'il arrivait à sauver Baker, c'est ensemble qu'ils feraient de nouvelles propositions de marché à celui-ci. À présent, il n'avait pas le temps.

— Mon rôle ici se limite à coordonner les opérations de livraisons aux Ronceux et de ramassage des bidons de suc de Thogar, à demander à nos pourvoyeurs d'accroître la lutte contre la Ronce par tous les moyens possibles, en réclamant des équipements de défense que l'Empire ne peut nous fournir. En effet, je tiens un décompte rigoureux des « attaques » végétales d'envergure dont nous sommes victimes de manière épisodique. J'en suis venu à penser que la plante a conscience de notre existence ; ses « attaques » se font plus fréquentes qu'il y a quinze ans.

— La solution ne se trouve peut-être pas dans cette lutte effrénée...

— Que proposez-vous à la place ?

La mine de Blade se renfrogna.

— Rien pour l'instant... mais je compte faire œuvre de pionnier en la matière !

Le gouverneur secoua la tête d'un air navré.

— Je devrais vous faire arrêter et placer sous surveillance, jusqu'au départ du *Bourlingueur II* pour ce que vous avez dit...

Toara se précipita vers son père pour l'implorer.

— Papa, ne fais pas cela !

Lendor-Kasim ignora l'interruption.

— ...Vous emprisonner non pas pour vous punir, mais au contraire pour vous protéger de votre propre folie. Car, sachez-le, pénétrer dans la Ronce équivaut à aller se fourrer dans la gueule d'une hydre d'Oxias ! Mais je préfère vous faire jurer sur l'honneur que vous ne tenterez pas de sortir de Thogar.

L'homme d'affaires se crispa instinctivement : le gouverneur, malgré son air débonnaire, venait de le piéger de la plus belle façon !

— Lorsque la vie de mon ami est en jeu, il m'est impossible de vous promettre cela.

— Dans ce cas, je ne peux rien pour vous, soupira le gouverneur Lendor-Kasim en faisant un geste à l'endroit d'une statue de poussah posé sur son bureau.

Les yeux de la statue étaient deux objectifs de caméras de surveillance !

Son hôte n'eut pas le loisir de réagir : deux gardes firent irruption dans le salon, pistolaser au poing. Les armes se braquèrent sur le visiteur. Celui-ci, dans un geste dénotant sa distinction, écarta Toara de la trajectoire des armes.

— Laissez-moi appeler Jim Henkin, le commandant du *Bourlingueur II* ! protesta Blade.

Le gouverneur paraissait désolé de la tournure qu'avait pris la conversation. Il ne pensait pas que Blade fût aussi déterminé à tenter sa chance (et celle de William Baker) dans la Ronce. Il échangea quelques mots à mi-voix avec sa fille, puis se tourna vers le businessman.

— La loi impériale vous accorde le droit d'appeler qui bon vous semble. Je ne m'y opposerai pas. Avant de vous faire placer en garde à vue, je peux en outre vous autoriser à rendre visite à votre ami, à l'hospitalium.

Blade accepta d'un mouvement de tête tandis que les deux cerbères l'encadraient. Il était trop ahuri par la tournure qu'avaient pris les événements : en quelques heures, ce qui s'annonçait comme une banale et fade escale sur une planète de seconde zone s'était transformé en un cauchemar dément, où son meilleur ami était condamné à mort, et lui-même contraint à attendre le décollage du vaisseau en prison !

Jérémie Erikson avait raison, en affirmant que Thogar'min portait malheur. Son escapade dans la Ronce était décidément bien mal partie !

CHAPITRE V

Les policiers, mis au courant par Lendor-Kasim des exploits de l'homme d'affaires, jugèrent plus prudent de lui passer les bracelets de menottes à fermeture électronique — précaution utile mais insuffisante, comme ils devaient le découvrir plus tard à leurs dépens.

Les bracelets reliés par une chaîne de métal évoquant le chrome étaient d'un modèle démodé, depuis l'utilisation généralisée des menottes magnétiques par la Spatiale.

— Vous pouvez appeler le commandant Henkin par l'intermédiaire de mon télévisionneur personnel, dit obligeamment le gouverneur.

Il effleura une touche sensitive placée sur son bureau, et ce que Blade avait tout d'abord pris pour un sous-main gris se releva ; l'écran plat se remplit de neige. Il composa le code de l'astroport, et dialogua une minute avec un préposé. Puis ce fut la figure inquiète du capitaine du *Bourlingueur II* qui s'encadra dans la fenêtre du télévisionneur.

— Je suis désolé, glissa Lendor-Kasim au prisonnier, mais il nous faut assister à votre entretien : ici encore, je ne fais qu'appliquer la loi.

Celui-ci n'avait rien à redire à cela. De son côté, Jim Henkin observait avec stupéfaction les menottes paralysant les mains de l'homme d'affaires.

— Bon sang! Que se passe-t-il dans ce bled? Est-ce dans les mœurs thogariennes de retenir un citoyen de l'Empire contre son gré ? Sous quel motif avez-vous été arrêté ?

— Calmez-vous, Jim, le rassura Blade. L'arrestation est, quoique arbitraire à mon goût, parfaitement légale.

— La charge retenue contre M. Ronny Blade est la désobéissance civile, indiqua Lendor-Kasim. Naturellement, cette charge sera retirée dès le départ du *Bourlingueur II*... avec en prime nos excuses, et une indemnisation égale à quatre fois l'amende exigée. Comprenez qu'il est de mon devoir de vous empêcher de vous suicider bêtement...

— Comprenez de votre côté qu'il est de mon devoir de sauver mon ami.

— Vous suicider? répétait Jim Henkin, déboussolé. Mais que se passe-t-il? Et qu'est-ce que c'est que cette histoire d'amende?

— Je n'ai pas le temps de vous expliquer en détail. Toara le fera à ma place, plus tard. Quand devons-nous repartir?

— À la nuit tombée. Le fret doit être ouvert, afin de vérifier que le matériel n'est pas défectueux. J'en profite pour faire réviser les circuits électroniques du *Bourlingueur II*. Pendant ce temps-là, le personnel se charge des passagers... Au fait, Jérémie Erikson s'est enquis à plusieurs reprises de votre absence. Il faisait montre de beaucoup de nervosité en ne vous voyant pas revenir.

Jérémie Erikson ? En quoi le sort des deux hommes d'affaires était-il susceptible de l'intéresser ?

— Vous lui direz que Baker se trouve actuellement à l'hospitalium... et que son état est jugé désespéré par les autorités.

Jim Henkin blêmit à vue d'œil. Il toussota, ne sachant quoi dire, incapable d'exprimer son désarroi.

— Ce sont les autorités qui le jugent désespéré, pas moi ! ajouta Blade. Écoutez bien, et appliquez mes instructions à la lettre...

Il jeta un coup d'œil aux policiers.

— ...Dans les strictes limites de la loi, bien entendu ! Appelez le commandant Red Owens, et Andy Sherwood, qui se trouvent à bord du *Maraudeur*, sur Marsala. Dites-leur de venir immédiatement : ils doivent arriver dans les plus brefs délais, il en va de la vie de Baker ! Voilà, c'est tout. À bientôt, Jim. Ne vous faites pas de soucis.

Des soucis, il en avait bien assez des siens ! En tout cas, il savait qu'il pouvait compter sur Sherwood et Owens. Une association, vieille de quelques années, avait été scellée entre la B and B Co et Red Owens à la suite d'une aventure périlleuse où ils avaient pu apprécier la valeur, le courage de cet homme, un peu bourru sans doute, mais franc et droit. Quant à Sherwood, il s'agissait d'un ancien contrebandier, sans rapport avec les brigands qui massacraient les équipages et les civils lors des abordages : c'était plutôt un filou, — un ex-filou plus exactement ! — qui se distinguait par une verdeur de langage qui aurait épaté Joé !

Blade coupa la communication, et se tourna vers les policiers.

— Messieurs, je suis à vous.

— Je vous avais promis une visite à l'hospitalium, fit le gouverneur, mais n'escomptez pas sortir de la cité. Je vais donner votre signalement aux sentinelles de l'enceinte, de façon à vous refouler s'il vous venait l'idée saugrenue d'outrepasser mes ordres.

— J'accepte avec plaisir votre offre de visite à l'hospitalium. Votre fille a-t-elle la permission de m'accompagner ?

Il hocha la tête.

— Je n'y trouve rien à redire... si l'intéressée est d'accord, naturellement.

— J'accepte !

Le gouverneur fit appeler un hélijet pour conduire le prisonnier et Toara à l'hospitalium. L'appareil aérien se posa en douceur dans la cour du palais à la suite d'une manœuvre parfaitement exécutée, et les quatre passagers s'envolèrent vers l'établissement hospitalier.

La proximité immédiate des policiers empêcha Blade de confier à Toara les projets qu'il avait en tête, ainsi que le rôle qu'il espérait lui voir jouer... car c'était d'elle que dépendait le succès de sa tentative. Il parvint à attirer son attention, sans pouvoir toutefois lui exposer son plan. La jeune fille en comprit cependant assez pour pouvoir lui faire comprendre qu'elle saisirait toute occasion de se trouver seule avec lui.

L'hospitalium dressait ses murs massifs dans le quartier Est de Thogar. Cela évoquait plus un cube moulé dans le béton qu'un hôpital... ou qu'un mouroir. Une seule porte perçait le bunker, devant laquelle stationnaient trois ambulances à coussin d'air. L'hélijet se posa sur le toit de la bâtisse. Les passagers descendirent ensuite par un ascenseur jusqu'au service des personnes infectées par le poison, le Dépôt d'hospitalisation.

Et c'était le terme approprié pour désigner l'immense salle, au plafond de laquelle explosait un faisceau de néons. Une odeur persistante d'éther flottait dans l'air.

Les pas du prisonnier et de ses gardiens résonnèrent le long de l'impressionnante rangée de lits de fer s'étirant jusqu'à l'extrémité de la salle.

Blade remarqua que les lits n'étaient pourvus d'aucune assistance médicale : les Thogariens étaient si intimement persuadés qu'il n'y avait aucun remède possible contre le poison, qu'ils ne se donnaient même plus la peine de prévoir ce genre d'équipement. Il ne pouvait leur en vouloir. Jusqu'à preuve du contraire, il n'existait effectivement aucun remède. C'était à lui de faire la preuve de son existence — si existence il y avait.

Baker gisait dans un lit anonyme. Blade avança ses mains vers la couverture qui avait glissé, mais ses menottes cliquetèrent, l'en empêchant. Toara s'exécuta à sa place. Les yeux clos, le visage régulier de Baker ne reflétait aucune émotion ; le poison l'avait figé dans une expression neutre.

— On dirait qu'il est déjà mort..., dit Toara.

— Bon, c'est terminé ? questionna le premier garde. C'est qu'on doit encore vous emmener au bloc cellulaire, nous !

— J'ai fini, dit-il, faites votre devoir.

Ils sortirent de la salle silencieuse et empruntèrent plusieurs couloirs, jusqu'à un ascenseur qui les déposa au rez-de-chaussée. Le couloir principal était très fréquenté. L'encombrement de celui-ci obligea les policiers à se placer devant et derrière leur prisonnier.

Ils passèrent à côté d'une table recouverte d'instruments de chirurgie attendant le passage à la chambre de désinfection. C'était précisément ce qu'attendait Blade. Il fit un signe discret à Toara, qui suivit la direction de son index. Elle saisit un scalpel-laser pas plus gros qu'un stylo, et le fourra dans sa poche sans que les policiers s'en rendent compte. Elle jeta à Blade un clin d'œil triomphant.

Elle devait trouver l'aventure follement excitante ! Blade ne s'attarda pas à analyser les sentiments de la jeune fille. Il ralentit le pas, de manière à se trouver à son niveau. Puis il simula une perte d'équilibre, et s'agrippa à la tunique de sa compagne.

— Oh ! Excusez-moi, je suis navré...

— Non, non, ce n'est rien...

Les deux policiers fixèrent la scène, se réjouissant du sourire ingénu esquissé par la fille du gouverneur. Ils ignoraient que celle-ci dissimulait sa joie : l'instrument médical avait changé de propriétaire.

Au moment de passer devant la réception de l'hospitalium, Blade simula un évanouissement. Le premier garde reçut le poids du prisonnier sur les épaules, et étouffa un juron :

— Sacré bon sang ! Il est en train d'avoir un malaise ! Vite, installons-le dans cette salle vide... Voilà, doucement...

La salle était encombrée de sièges empilés les uns sur les autres, et de paniers de linge sale dont certains étaient remplis de draps. Tout à leur tâche, les gardes ne s'aperçurent pas que Toara refermait discrètement la porte. Aussitôt, Blade se redressa, saisit la cuisse du premier policier et le souleva de terre. Il sentit ses menottes se tendre et rentrer dans ses chairs, mais persévéra. Sous la poussée, le policier opéra un long vol plané qui s'acheva tête la première dans le torse de son partenaire, dont la poitrine se creusa brutalement comme son souffle se coupait. Les deux hommes roulèrent par terre et ne bougèrent plus.

— Bien ! fit le Terrien. On dirait que je retrouve mes anciens réflexes !

Il saisit le scalpel-laser et fit glisser la petite bague d'intensité au maximum. Puis il appliqua l'extrémité renflée du bâton sur la chaîne de métadélium. Il appuya sur un petit bouton rouge situé sur le côté du « stylo », et un faisceau de « lumière cohérente » d'un bleu électrique jaillit de la pointe.

Le métadélium était un métal isotopique que l'on trouvait en abondance sur Alma IV, utilisé ordinairement du fait de sa grande dureté, dans la constitution de cloisons anti-chocs ou de petits instruments nécessitant une importante capacité de résistance.

Blade fit passer et repasser plusieurs fois le rayon laser sur la chaîne, avant que celle-ci ne se coupe net avec un bruit cristallin de verre qui se brise !

Il répéta l'opération sur le bracelet gauche, en roussissant du même coup les poils de son poignet ! À la fin, le scalpel était presque déchargé ; Blade s'inquiéta lorsque le rayon s'affaiblit, puis le bracelet s'ouvrit enfin.

— Il n'y aura pas assez d'énergie pour ouvrir l'autre bracelet, dit-il en déposant le scalpel sur une table roulante.

Ses gardiens remuaient sur le sol ; ils se réveillaient de leur étourdissement. Blade s'occupa de les y faire retourner, puis avisa deux blouses blanches pliées sur une table.

— Ces tenues nous aideront à sortir inaperçus, dit Blade d'un ton enjoué. Je vais prendre une des ambulances qui stationnent devant l'entrée, que j'ai repérées de l'hélijet qui nous a amenés ici.

— Pourquoi dites-vous « je » ? Je reste avec vous, moi !

Blade prit ses mains entre les siennes.

— Ce n'est pas prudent, ni pour vous, ni pour moi. J'apprécie votre compagnie à sa juste valeur, mais pour l'instant, il vaut mieux nous séparer. Tout d'abord, je ne veux pas vous entraîner dans une fuite qui peut finir mal. Et puis, vous pouvez m'être utile ailleurs.

L'intérêt passionné enflamma les yeux de Toara.

— Alors, je continue mon rôle d'espionne ? C'est si amusant de faire enfin quelque chose dans une ville où il ne se passe rien, d'ordinaire... Mais il faut me mettre au courant de votre plan...

— Plus tard, c'est promis ! Car le temps presse. Retrouvez-moi à minuit près de l'arbre de Xinraz, sur la place de l'Empereur.

— Que dois-je faire exactement ?

— Votre père m'a dit qu'il coordonnait les convois de marchandises destinées aux Ronceux. Ce que je veux savoir, c'est quand le prochain convoi doit partir pour la lisière de la Ronce.

Toara se prit le menton et réfléchit.

— Mon père organise le calendrier d'après l'arrivée et le départ des vaisseaux de livraison. En ce moment, la fréquence des convois est accélérée.

Lors de la visite d'un vaisseau, il y a plus d'effervescence. Les données des calendriers se trouvent dans la mémoire d'un ordinateur dont les terminaux d'accès se trouvent au palais. J'ai si souvent assisté mon père dans leur élaboration que je connais par cœur la procédure. Mon père m'a même initié à la consultation des terminaux ! Ce sera un jeu d'enfant !

Blade crut bon de modérer quelque peu la confiance excessive de sa compagne :

— Ne prenez pas de risques, au contraire. Votre père sera mis au courant de mon évasion. Votre implication dans cette affaire ne pourra être démontrée, mais il faudra tout de même vous méfier, de tout et de tout le monde. Je crois votre père de bonne foi, mais je commence à être persuadé que certaines personnes n'aimeraient pas que l'on trouve un antidote au poison de la Ronce.

— Ce serait monstrueux ! s'insurgea la jeune fille. Personne n'a le droit de...

— C'est ainsi. Nous rechercherons la vérité plus tard... à moins que ce soit elle qui vienne à nous ! La priorité absolue est de sauver Baker ! Le reste passe en second.

Il souleva les corps et les fourra chacun dans un des profonds paniers roulants à demi remplis de linge. Ils les recouvrit de draps afin de les dissimuler jusqu'à leur réveil. Ils garderaient en souvenir un mémorable mal de tête !

Puis il ramena la manche de sa blouse blanche sur son poignet droit, afin de camoufler la menotte de métalédium qui y restait attachée. Ils sortirent de la lingerie aussi discrètement que possible, et s'acheminèrent jusqu'à l'entrée. Là, ils descendirent trois marches, et montèrent très naturellement dans l'ambulance la plus proche.

Les commandes étaient simples : deux pédales, une pour freiner, l'autre pour accélérer, et un volant qu'il suffisait de toucher pour mettre le moteur en marche. Blade laissa Toara s'installer sur le siège avant, et prit les commandes. Un coussin d'air se forma spontanément sous la voiture, maintenu par un micro-champ de confinement électromagnétique à bas voltage.

— Guidez-moi, demanda-t-il, la ville m'est totalement inconnue.

— Où voulez-vous aller ?

— Dans le quartier Ouest, où nous nous sommes rencontrés. À l'*Aspic*. C'est là que je vais attendre la nuit.

Toara s'exécuta. Ils n'avaient pas de crainte d'être reconnus : le taux de criminalité était si faible dans une si petite communauté qu'il n'existait aucune structure policière « efficace » ; de plus, les incidents étaient suffisamment fréquents à Thogar pour qu'une ambulance passe inaperçue.

Il stoppa le véhicule devant l'enseigne écaillée de l'*Aspic*, puis le confia à la jeune fille en lui conseillant de l'abandonner dans un autre quartier, afin de tromper les recherches.

— Je vous retrouve cette nuit, sous la plante xinrazienne, récapitula-t-elle.

Il lui souhaita bonne chance, puis poussa le portillon de l'*Aspic*. Cette fois, il était le seul client. Il vint s'asseoir au comptoir. Rhom délaissa le verre qu'il était en train d'essuyer et le regarda d'un œil critique.

— Vous êtes malade, pour vous faire déposer par

une ambulance ? Ou bien vous prenez vos précautions pour venir goûter une seconde fois mon Jraz-Gorl réputé dans tout Thogar ?

Un frisson parcourut l'échine de Blade à l'évocation du volcan qu'il avait abrité dans son estomac, et il se hâta de décliner l'offre du tenancier :

— On n'abuse pas des bonnes choses ! dit-il pour l'apaiser. Mais je ne dirais pas non à un gin parfumé au R'Toox.

— J'vous sers ça tout de suite.

Instinctivement, il porta son regard à la grande horloge numérique accrochée au-dessus de l'entrée, dont l'image se reflétait dans le grand miroir du comptoir. Celle-ci indiquait dix-huit heures quarante... Depuis son arrivée sur Thogar'min, la journée avait été bien remplie !

Selon les renseignements fournis par Jim Henkin, sa durée était d'un tout petit peu moins de vingt-quatre heures. La rotation circulaire, et non elliptique de la planète autour de son soleil, et sa faible inclinaison sur son axe excluaient la notion de saison, ou réduisaient celle-ci à deux : l'été et l'hiver. Le jour tombait vers vingt heures.

— Voilà le gin... La fille de l'ambulance me dit quelque chose... Ça y est, j'y suis ! C'est celle que vous avez tirée des pattes de ces voyous ! Quand je pense qu'ils ont eu le toupet de faire leur coup juste devant chez moi ! Je vous jure que si vous n'étiez pas intervenus avant moi, je m'en serais occupé moi-même, et au laser, encore !

— Que savez-vous de cette fille ?

Rhom haussa les épaules.

— Il lui arrive de venir ici, quand atterrit un astronef de ravitaillement. Elle est à l'affut des histoires rapportées par les astros de passage. J'la comprends, remarquez : c'est un peu pour ça que j'ai ouvert l'*Aspic*. Et puis, faut dire que pour une jeune fille, Thogar'min n'offre pas beaucoup de variété...

Blade avança la main droite pour saisir le verre de gin sur le zinc. À ce moment, la menotte tranchée tomba sur son poignet. Les yeux de Rhom se rétrécirent suffisamment pour que le businessman comprenne qu'il était trop tard pour que le barman oublie ce qu'il avait vu.

Celui-ci plongea la main sous le comptoir, et la ressortit armée d'un pistolet à crosse cannelée... *qu'il posa sur le zinc* ! Négligeant le sursaut instinctif de Blade, il prit un torchon et entreprit de briquer la surface brillante.

— Je me doutais que vous aviez des ennuis..., grommela-t-il. Mais j'ai bien vu comment vous avez sauvé la jeune fille, tout à l'heure... Un type de cette trempe ne peut pas être fondamentalement mauvais... Rien à voir avec les fripouilles que vous avez mis en fuite ! Je sais renifler les gars corrects... Si vous avez besoin d'aide, n'hésitez pas une seconde à faire appel à moi. En attendant, ce pistolet protonique peut se révéler utile, en cas de « chambard ». Evitez simplement de tenter de vous débarrasser de votre menotte avec, la décharge radioactive risque de vous frire le poignet en un temps record !

Le Terrien remercia chaleureusement le tenancier généreux, empocha l'arme et attendit la tombée de la nuit. Rhom prolongea l'ouverture de l'*Aspic* jusqu'à minuit moins le quart, puis Blade se fit expliquer le chemin pour se rendre sur la place de l'Empereur.

— Adieu, et bonne chance ! lui lança Rhom comme l'autre s'enfonçait dans la nuit cloutée d'étoiles.

Les indications de Rhom lui permirent d'arriver sur la place cinq minutes avant minuit. Mais Toara l'attendait déjà au pied de l'arbre.

— Vous voilà enfin ! J'ai fait le mur pour vous rejoindre.

Elle ajouta, mutine :

— J'espère que je n'aurai pas à le regretter...

Il ne releva pas l'allusion, et s'enquit :

— Vous avez le renseignement ?

— Le prochain convoi aura lieu demain matin, à neuf heures. Il se composera de trois véhicules. Ce fut un jeu d'enfant, comme je l'ai dit ! Il m'a suffi de revenir au palais comme si rien ne s'était passé. Nous avons mangé, ensuite, mon père est resté dans son bureau jusqu'à onze heures. Pendant ce temps, je trépignais d'impatience ; la demi-heure où je dus me contraindre à attendre fut la plus longue de ma vie ! Il arrive parfois à mon père de veiller tard, car il souffre d'insomnie. Heureusement, ce n'était pas le cas ce soir. Je n'avais rien à craindre de Damien, ce brave serviteur m'a vue naître, et en plus, il n'est plus bon à rien à partir de onze heures, aussi se retire-t-il pour dormir ! La porte du bureau n'est jamais fermée à clé. Je n'ai eu qu'à me glisser à l'intérieur et à pianoter sur le terminal. Et hop ! le tour était joué !

— Où se trouve le hangar où sont entreposés les camions ?

— Vous comptez vous embarquer « clandestinement » dans un des camions ? C'est impossible, ceux-ci sont plus inexpugnables qu'un coffre-fort !

Blade haussa les épaules négligemment.

— J'aviserai à ce moment-là. Lorsque les circonstances l'exigent, il faut savoir improviser.

— Je vous ferai un plan... Où allez-vous dormir ?

— Ma foi, je ne sais trop. J'espère que les nuits thogariennes ne sont pas trop fraîches, je crains de devoir dormir à la belle étoile !

Elle le prit par la main, et l'entraîna vers le palais.

— C'est décidé, je vous héberge ! pouffa-t-elle. Si mon pauvre Damien savait cela, il en ferait une jaunisse ! Abriter dans le palais même du gouverneur un contrevenant recherché par la police, et dans la chambre de sa propre fille !

— La situation est piquante, j'en conviens, quoique je ne me sente pas à mon aise dans le rôle de contrevenant que l'on m'a dévolu — il s'en faut de beaucoup ! Cependant, je déteste tant les nuits froides que j'accepte l'invitation avec plaisir !

Ils se glissèrent par la porte de service, passèrent sur la pointe des pieds devant la porte de la chambre du serviteur, dont les ronflements sonores dénonçaient la présence.

Toara ouvrit une porte, et le guida à travers l'entrée principale jusqu'au monumental escalier de marbre sombre qui menait au premier étage. C'était là que se trouvait sa chambre. Elle poussa la porte, et ils se retrouvèrent dans les bras l'un de l'autre. Elle l'embrassa passionnément sur la bouche ; Blade répondit à son enthousiasme par une ardeur au moins aussi grande.

Il la souleva dans ses bras et la déposa sur le lit. En quelques passes savantes, Toara se dévêtit, offrant sa nudité à Blade. Celui-ci l'imita, et tous deux s'aimèrent avec fougue. Ils ne s'arrêtèrent que tard dans la nuit, quand ils furent trop épuisés pour faire autre chose que dormir.

*
**

Jérémie Erikson, caché dans la pénombre de la place, regarda partir le cofondateur de la Baker and Blade Co et Toara en direction du palais du gouverneur d'un air dubitatif. La présence de l'homme d'affaires ici, à cette heure de la nuit, allait à l'encontre de la communication qu'il avait interceptée entre ce dernier et Jim Henkin. C'est pour cela qu'Erikson se trouvait là : il devait en apprendre plus sur les deux intrus auprès de Lendor-Kasim. Même si celui-ci n'avait jamais pu être « acheté », il n'ignorait rien de la relativité de son pouvoir sur la colonie, et de la toute-puissance de la Pharmamondiale. Le gouverneur ne refuserait certainement pas une entrevue nocturne avec un de ses représentants.

Mais il décida de remettre cette entrevue à plus tard : d'autres événements étaient intervenus, à commencer par ce Blade, lequel aurait dû se trouver en prison, en attendant le départ du *Bourlingueur II*.

William Baker s'était fait piquer par une épine, grand bien lui fasse ! Sa curiosité avait été récompensée comme elle le méritait ! Mais l'obstination de son compagnon, Ronny Blade, et sa manie de fouiner, ne lui disaient rien qui vaille.

Le gros homme allait devoir en référer à son supérieur, sur Marsala. De même, la fille du gouverneur pouvait devenir gênante pour leurs affaires. Il faudrait peut-être l'écarter de manière plus...

définitive ! En laissant traîner un plant de Ronce dans son lit, par exemple...

Jérémie Erikson tourna les talons et repartit en direction du spacioport. Bien qu'il n'ait pu parler à Lendor-Kasim, il ne regrettait pas son déplacement sur Thogar'min. Dès son arrivée sur Marsala, il ferait un rapport circonstancié des événements qui s'étaient produits au cours des douze dernières heures. Maintenant qu'il y pensait, Ronny Blade s'était peut-être évadé... Si cela était, la Pharmamondiale n'avait rien à craindre. En devenant fugitif, l'associé de la B and B Co perdrait toute crédibilité auprès des autorités impériales, au cas où il trouverait quelque chose.

Il pressa le pas. Blade ou pas Blade, le *Bourlingueur II* appareillait deux heures plus tard.

***

L'aube pointa ses rayons émeraude sur les corps entrelacés de Blade et de Toara. Les deux amants étaient si fatigués qu'ils n'avaient pas entendu le grondement caractéristique du *Bourlingueur II* en train de s'arracher au sol, puis à l'attraction de la planète. Blade ouvrit un œil ensommeillé, puis se rappela ce qui s'était passé la veille. Instantanément, il fut debout, prêt à l'action.

— Il est six heures, l'informa Toara en bâillant. Nous partirons au petit jour, cela suffira amplement pour arriver une heure en avance.

Blade s'assit sur le côté du lit, fourragea distraitement dans la chevelure blonde étalée sur le drap blanc.

— Ton rôle s'arrête là. À partir de maintenant,

c'est à moi de jouer... en solo. Tu me seras d'une aide précieuse en me conduisant jusqu'au hangar où sont entreposés les camions... et en t'abstenant d'en faire davantage !

La jeune fille produisit une moue boudeuse, mais ne souffla mot. Blade ne se trompa toutefois pas sur son air innocent : elle avait certainement quelque chose en tête, mais cette fois, il ne la laisserait pas partager les risques inhérents à une sortie dans la Ronce !

Ils s'habillèrent, déjeunèrent de pastilles nutritives et descendirent en catimini le grand escalier de marbre. Toara chuchota à l'oreille de son amant :

— Damien est sûrement aux cuisines à surveiller les robots cuisiniers. Selon lui, nos vieux robots sont déréglés : il leur arrive de sucrer la viande, ou de mettre de la crème chantilly au lieu de la mayonnaise ! Alors, il est obligé de goûter les plats, et au besoin de réparer leur erreurs.

Comme ils passaient devant sa chambre, afin de repartir par où ils étaient venus, le carillon de l'entrée résonna.

— Nous n'aurons pas le temps de sortir, souffla Toara. Il faut nous cacher !

Les jeunes gens venaient juste de s'engouffrer dans un débarras derrière l'escalier, que résonnaient déjà les pas de Damien, qui descendait les marches au-dessus de leur tête.

Blade passa une tête prudente par l'entrebâillement de la porte ; il aperçut le domestique tapoter le clavier de son communicateur à son avant-bras, et la porte s'ouvrit dans un déclic. Un policier se tenait, raide, devant la porte. Blade reconnut celui qui les avait appréhendés, la veille, pour leur infliger une amende. L'homme semblait ennuyé.

— Pourrais-je voir le gouverneur ? dit-il tout de go.

— Vous n'y pensez pas ? Le gouverneur se lève dans une heure... Inutile de patienter, il ne sera pas visible avant la fin de la matinée.

Le policier se dandina d'un air gêné.

— Je venais seulement avertir Son Excellence d'un incident qui s'est produit hier, à l'hospitalium, et qui concerne Ronny Blade. On n'a découvert son évasion que tard dans la soirée, après que des infirmiers eurent trouvé dans un panier de linge sale les deux gardiens chargés de le transférer jusqu'au dépôt cellulaire de la Spatiale.

Blade eut un sourire involontaire en l'écoutant : peut-être avait-il cogné un peu fort les deux hommes, qui n'avaient rien demandé à personne et s'étaient contentés de faire leur devoir ! Mais, selon l'adage ancestral bien connu, qui veut la fin veut les moyens... Andy Sherwood n'aurait pas manqué d'ajouter : « On ne fait pas d'omelette sans casser d'œufs ! »

— Vous direz à Son Excellence de nous avertir, si le criminel cherche à le contacter... Nous avons pris nos renseignements sur lui : nous ne le croyons pas dangereux, mais il pourrait nourrir des sentiments de vengeance, suite à son arrestation. Son Excellence pourrait le persuader de se rendre sans résister, sinon nous serons dans l'obligation de nous servir de nos armes contre lui. La ville est petite, il ne peut aller bien loin.

Le *Bourlingueur II* parti, Blade n'avait pas l'intention de s'attarder en ville. Le discours du policier l'incitait au contraire à partir le plus vite possible et d'entreprendre son voyage dans la Ronce.

— Vos paroles seront rapportées fidèlement, disait Damien. Maintenant, si vous voulez m'excuser...

Blade rentra la tête dans la pénombre sans écouter la suite.

— Ma voiture est garée derrière le palais, souffla Toara. Nous n'avons qu'à la prendre ! Je vous dépose devant le hangar, et...

— Il faut d'abord que j'achète une résille pour me protéger des épines de la Ronce. Si je veux poursuivre mes investigations, la condition première est que je reste en vie.

Le visage de Toara s'assombrit.

— Vous finirez comme tous ceux qui s'y sont risqués... Je ne vous reverrai jamais.

— J'aurais peut-être le privilège de figurer dans la cassette des Martyrs de Thogar ! dit-il en matière de plaisanterie, mais l'humeur n'y était pas.

La jeune femme avait raison, il n'avait que peu de chance de réussir là où beaucoup d'audacieux avaient échoué.

— Allons-y, décida brusquement Toara.

Damien était retourné à ses fourneaux. Ils sortirent sans difficultés du palais du gouverneur : nul n'aurait songé à faire surveiller un bâtiment officiel. Il aurait fallu être fou — ou avoir un sacré toupet — pour s'y cacher de la police !

Ils contournèrent l'aile gauche du palais, pour se retrouver dans une ruelle déserte, où était garé un petit véhicule biplace sur coussin d'air. L'engin déploya ses portières en ailes de coccinelle, et ils grimpèrent à l'intérieur de l'engin, capitonné comme un cocon. Aussitôt, la voiture s'éleva à vingt centimètres du sol, et se mit à glisser le long du trottoir, en direction du centre-ville.

La ceinture de Blade recelait plusieurs plaquettes représentant un nombre appréciable de platino-crédits. Son possesseur s'en servit pour acheter une résille métallique intégrale électrifiée, dont la forme s'adaptait automatiquement au corps.

Il acheta en outre des bottes montantes d'une grande robustesse, le garantissant des épines émergeant du sol. Il paya le tout sans marchander, le temps qui le séparait du départ du convoi lui étant compté.

La voiture s'enfonça dans le quartier Sud, et, quelques minutes plus tard, elle stoppa devant une bâtisse nue et lisse, aux façades percées d'une série de baies vitrées au niveau du premier étage. Des panneaux d'interdiction de toutes sortes avaient été cloués sur le grand portail rectangulaire coulissant. Blade ouvrit la porte du véhicule à coussin d'air.

— À bientôt, dit-il. J'espère revenir avec l'antidote. Si la Pharmamondiale n'a fait preuve d'aucune malice vis-à-vis de votre colonie, elle sera heureuse de le produire en quantité industrielle. Sinon... nous verrons bien !

Obéissant à une impulsion, Toara l'embrassa passionnément sur la bouche.

— J'ai confiance en toi !

Puis elle appuya sur un bouton, et la portière se referma. Il regarda le véhicule partir, avec un curieux sentiment au fond de la gorge qu'il ne parvint pas à définir. Mais il fallait revenir à la réalité : il était environ sept heures et quart. Jusque-là, tout se déroulait sans accroc. Il fallait espérer que cela continuât ainsi !

Il fit le tour du bâtiment et trouva une porte

discrète, fermée par un cadenas. Il y avait fort peu de chances que les conducteurs entrent par cette voie.

Il sortit le pistolet à protons donné par le tenancier de l'*Aspic*, et appuya brièvement sur la détente. Les molécules d'air, sur la trajectoire du rayon invisible, se teintèrent en bleu pâle comme elles se ionisaient en l'espace d'une micro-seconde. Le métal — de l'acier trempé, recouvert par électrolyse d'une fine couche de métalédium — devint flou derrière la turbulence de l'air malmené par le rayon. Il vira au rouge, tout en se tordant comme un serpent, puis se désagrégea dans un claquement sec.

Blade avisa l'aspect noirci et fumant de la porte, autour du cadenas forcé. Rhom avait bien fait de le prévenir de ne pas se servir du pistolet sur sa menotte, les effets du rayon protonique sur ses tissus auraient été catastrophiques !

Le hangar était plongé dans la pénombre ; de larges plaques réglables obturaient le jour tombant des baies vitrées. Cinq camions étaient rangés côte à côte, numérotés de un à cinq, occupant presque toute la surface de l'entrepôt pourtant spacieux. Blade connut un bref instant de trouble, qu'il réprima aussitôt : Toara lui avait parlé d'un convoi de *trois* camions, et non de cinq ! Cela signifiait en bonne logique que deux d'entre eux resteraient parqués ici. Et s'il embarquait dans un de ces derniers ? Il avait quarante pour cent de chance de se tromper...

Les pièces attenantes étaient vides, à l'exception d'un appareil que Blade reconnut aussitôt : il s'agissait d'un projecteur mémoriel à ondes mentales, qui se coiffait comme un casque. Le businessman, saisi de curiosité, adapta la jugulaire du casque à son crâne. Il comprit immédiatement à quoi il servait : à apprendre le langage des Ronceux. Il le mit sous tension. Quelques minutes plus tard, il connaissait les structures grammaticales simplifiées et le vocabulaire des habitants de l'extérieur.

L'obscurité reculait, à mesure que le soleil montait à l'horizon et s'infiltrait par les joints des plaques. Le businessman se mit à faire les cent pas à l'intérieur du local clos, tentant de trouver une solution à son problème — problème d'autant plus aigu que se révéla bien vite l'impossibilité pour lui de pénétrer dans un des camions, protégés et bardés comme des chambres fortes.

Le pistolet protonique de Rhom ne lui était cette fois d'aucune utilité pour forcer la porte arrière : les dégâts qu'il produisait seraient trop voyants. La moindre effraction serait immédiatement repérée, et sa présence ici découverte. Pourtant, les camions étaient le seul vecteur valable pour passer l'enceinte sans donner l'alerte : il fallait absolument qu'il s'y introduise… mais par quel moyen ?

À huit heures trente, il perçut des pas au-dehors : les conducteurs arrivaient. Ils discutaient, se plaignant de l'horaire matinal que leur imposait le gouverneur, le « ponte », sans se douter qu'un homme les attendait depuis déjà près d'une heure et demie !

Il entendit le grincement d'une clé coulissant dans le penne d'une serrure, puis une barre de lumière brute s'étendit jusqu'à ses pieds. Dans dix secondes, ils le découvriraient !

Soudain, l'idée s'imposa d'elle-même. En deux pas, il fut auprès du camion le plus proche. Une porte coulissante se relevait, dévoilant les pieds des livreurs, puis leurs mollets ; ils étaient six.

Blade s'accroupit, et se glissa sous la carrosserie, entre les grosses roues. Il était temps : le portail, complètement levé, livrait passage aux conducteurs.

— Tu as vu ? demanda l'un des conducteurs. Il me semble avoir aperçu un rat, il s'est réfugié sous ce camion... Là, celui-là...

Une suée d'angoisse humidifia son dos, tandis qu'une paire de jambes se dirigeait vers le camion où il se dissimulait !

— Bah ! lui lança son interlocuteur au dernier moment. Pourquoi te fatiguer à te baisser, tu sais bien qu'après chaque acheminement, les camions passent tous à la désinfection, afin de garantir qu'aucune graine de cette saloperie de Ronce ne s'est infiltrée dans la cité par cet intermédiaire.

— Fherl a raison, on n'a pas de temps à perdre avec ces petits jeux, ajouta un autre. Quel camion prend-on, aujourd'hui ?

L'un des conducteurs, qui devait diriger la manœuvre, déplia une feuille de route.

— Les camions deux, trois et quatre. Ils ont été remplis hier soir, à la suite du déchargement du *Bourlingueur II*.

Blade faillit laisser échapper un soupir de soulagement : il s'était réfugié sous le camion numéroté Trois. La voix dure lui rappela un souvenir.

Il glissa un œil hors du camion ; les conducteurs n'imaginaient certes pas qu'ils pouvaient être épiés !

Il étouffa une exclamation. Le contremaître était l'homme en casquette bleu marine qui avait agressé Toara, la veille ! Le doute n'était pas possible, puisqu'il portait encore la marque de Baker, — une pommette enflée, bleuâtre, soulignant un œil au beurre noir. Blade résista tant bien que mal à l'envie de surgir devant le lâche et de l'étendre pour le compte d'un bon « uppercut » : il aurait tout le temps, plus tard, de venir régler ses comptes.

— Tiens, ce n'est pas le *Fantastique* qui nous ravitaille d'habitude ? releva quelqu'un en parcourant un connaissement.

— Pas pour quelque temps. Il a une avarie qui le retient au sol ; en attendant, la Pharmamondiale a passé un contrat avec une autre compagnie. Mais rappelle-toi que la « boîte » n'aime pas trop que l'on s'occupe de ses affaires...

— Ça va, j'ai compris !

Visiblement, l'agresseur de Toara, probablement un sbire de la société pharmaceutique interplanétaire, n'était pas très populaire parmi ses hommes. Celui-ci répartit les conducteurs, deux par camion, et choisit celui de Blade.

Les portières claquèrent dans un bel ensemble. Télécommandée, la grande porte métallique s'ouvrit entièrement, laissant entrer une bouffée d'air matinal parfumée.

Les moteurs grondèrent ; le passager clandestin banda ses muscles, prêt à affronter l'épreuve la plus dure : se tenir à la seule force des bras durant dix minutes aux arceaux de la carrosserie, sachant que tout relâchement risquait de se traduire par la perte de son fond de culotte !

Au moment où les camions s'ébranlaient, il vit passer une ombre fugitive à côté de lui. Surpris, il faillit lâcher sa prise.

— *Toara !* s'écria-t-il. Ne t'avais-je pas dit...

La jeune fille, non seulement ne répondit pas, mais, de surcroît, lui tira la langue !

— Maudite gamine, chuchota Blade, veux-tu filer ! C'est trop risqué !

Il n'osait parler trop fort, de peur de donner l'alerte aux convoyeurs. Il était trop tard : déjà, le premier camion commençait à sortir du hangar. Toara avait disparu sous les roues du deuxième. Blade frémit à l'idée qu'elle lâche la barre de soutien : à l'allure réduite où roulaient les véhicules, elle ne risquait pas de se tuer, mais au moins de se blesser ; en outre, elle risquait d'être repérée par le conducteur du dernier véhicule. Quelle idée avait-elle eu de s'engager dans cette dangereuse aventure avec lui !

Le ronflement des moteurs noya tout autre bruits, et le jeune homme ne pensa plus qu'à tenir bon sous la carrosserie vibrante. Les énormes roues crantées tournaient à quelques centimètres de sa main droite. Le dernier maillon de la chaîne pendante de sa menotte rebondissait sur la chaussée défilant sous lui.

Au bout d'un temps qui lui parut interminable, le camion ralentit et s'arrêta. Il profita de ces quelques instants de répit pour relâcher ses muscles. La sirène qu'il avait entendue lors du premier déchargement retentit, et il perçut le cliquetis de la porte de la ville qui se relevait.

Puis les camions repartirent, à vitesse d'escargot, sur la lande calcinée. Les roues avant soulevaient une poussière de cendres qui manqua l'asphyxier. Il crut même entendre la toux de Toara, par-dessus le rugissement des moteurs !

Les camions stoppèrent à la lisière de la Ronce,

sans toutefois arrêter le moteur — par mesure de sécurité, estima-t-il, au cas où une Ronce tenterait une de ces fameuses « attaques ». Il se laissa glisser sur le sol. Celui-ci amortit le choc ; le passager clandestin réalisa qu'il devait résulter de l'agglomération de couches de cendres successives, qui formaient au moins cinquante centimètres d'épaisseur et constituaient une sorte de coussin.

Il attendit dix minutes, à l'affût sous le camion, que les convoyeurs eussent déchargé leur fret. Ceux-ci le firent sans un mot, puis remontèrent dans les camions et embrayèrent. Blade chercha à localiser Toara, mais il n'y parvint pas.

Les camions firent demi-tour. Toujours agrippé aux barres d'appui, il ne se laissa tomber que lorsque les camions repartirent en direction de la porte. Il se mit aussitôt à courir vers le bosquet le plus proche. Il surveilla l'éventuelle présence de tentacules à épines, puis attendit que la porte se fût refermée. Alors, il se releva.

— Toara !

— Je suis là !

Elle se redressa, joyeuse, à une dizaine de mètres de là, et lui fit un signe. Blade épousseta la cendre qui collait à son justaucorps et la rejoignit, mécontent.

— Veux-tu que je te dise ? Tu es une tête brûlée ! Tu vas me faire le plaisir de retourner à l'intérieur de la ville, à l'abri, et pas plus tard que tout de suite !

Toara eut une moue boudeuse.

— Moi, une tête brûlée ! Voyez-vous ça !

— Je refuse que tu m'accompagnes, le péril est trop grand. Moi, j'ai pris mes précautions, en me munissant d'une arme et d'une résille de protection.

À ma connaissance, tu ne possèdes ni l'une, ni l'autre.

— Erreur ! rétorqua victorieusement Toara.

Elle souleva innocemment sa tunique, dévoilant une gaine semblable à celle qu'il portait.

— En ton absence, je suis rentrée au palais, juste quand mon père sortait de sa chambre ! Il ne s'est aperçu de rien, et m'a dit bonjour comme si de rien n'était. De retour dans ma chambre, j'ai fait un peu de ménage. Tout bon Thogarien possède une résille de protection individuelle. Je rangeais la mienne quand j'ai eu cette idée : jusque-là, l'aventure ne m'a jamais souri, et ne s'est présentée que sous la forme de rêves rapidement évoqués à la taverne de l'*Aspic*, par des astros en mal de confidences... Pourquoi ne pas profiter de l'occasion pour créer mes propres histoires ?

— Les histoires, cela s'invente ! Les vivre n'apporte que des désagréments. Mais je suppose qu'il est trop tard pour reculer...

— Qu'allons-nous faire ?

— Vivre une aventure passionnante, railla le businessman. Attendre, dissimulés par les hautes herbes, le bon vouloir des Ronceux, puis les suivre. Si je peux en capturer un et prélever un échantillon de son sang, je le ferais analyser à bord du *Maraudeur*, et du diable si nous ne trouvons pas un antidote au poison qui coule dans les veines de Will ! Combien de temps mettent ordinairement les Ronceux pour se manifester ?

Toara le regarda avec de grands yeux. Visiblement, on ne se posait guère de questions quand il s'agissait des nomades de la Ronce.

— Je l'ignore. Les camions repassent deux

heures plus tard. Les marchandises ont disparu ; à leur place, on retrouve des bidons pleins de suc.

Blade ne dit rien. Il l'entraîna vers un buisson épineux, où ils ne risqueraient pas d'être débusqués par les Ronceux, ou les policiers, s'ils connaissaient leur position actuelle. Il ne se faisait guère de souci de ce côté : les Thogariens penseraient que les deux jeunes gens avaient voulu se suicider ensemble, et l'affaire s'arrêterait là. Ils n'imaginaient pas que l'on pût survivre dans la Ronce plus de quelques instants. Lui-même, du reste, n'en était pas sûr.

Il remarqua soudain que Toara frissonnait légèrement. Le matin avait la douceur des climats tempérés ; c'était l'appréhension qui la faisait trembler. Il s'approcha d'elle et l'entoura de ses bras.

— On raconte tellement de choses sur les Ronceux, murmura-t-elle. Ils sabotent nos lance-flammes, ils jettent des graines par-dessus les murailles à l'aide de frondes, la nuit. Ce ne sont que des rumeurs, mais il y a eu trop d'accidents pour croire à de simples défectuosités du matériel...

— Il y a peut-être des personnes plus désireuses que les Ronceux de vous voir lutter âprement contre la Ronce. Quel intérêt auraient ces nomades à vous rendre la vie difficile ? En outre, je suis prêt à parier que personne ne les a réellement vus commettre ces crimes, n'est-ce pas ?

Toara secoua la tête d'un air buté, elle avait visiblement quelques difficultés à suivre son compagnon dans ses hypothèses.

Un bruit interrompit brutalement le discours de Blade. Quelque chose avait bougé dans les buissons. Celui-ci saisit son pistolet protonique.

Leur attention attirée par le bruit, ni lui ni Toara

ne remarquèrent la racine hérissée d'épines suintantes de venin qui rampait vers eux, à la manière d'un lombric dont elle partageait l'aspect annelé. Dans le même temps et sans qu'il s'en rende compte, l'homme d'affaires ramena son bras droit en arrière. Le bracelet de métalédium cliqueta sur le sol. Tout à coup, la racine-tentacule stoppa sa progression, comme si elle avait été frappée d'immobilité. Puis elle se mit à reculer.

Blade et Toara, inconscients du sort auquel ils venaient d'échapper, attendaient anxieusement que se manifestent les Ronceux.

CHAPITRE VI

Blade et Toara n'eurent pas à attendre bien longtemps. Il y eut un bruissement, puis la masse végétale s'écarta. Des formes s'en détachèrent, pour progresser dans la direction de l'amoncellement de caisses et de bidons vides. Elles devaient être une vingtaine, qui faisaient rouler des bidons pleins, remplis de suc, devant eux.

Les Ronceux étaient tels que Toara les lui avait décrits. Humanoïdes, leur taille était légèrement inférieure à celle des humains ; il y avait des femmes et des hommes, chacun portant sa part de fardeau. Les hommes avaient des muscles plats et la poitrine en trapèze ; ils étaient tous chauves, au contraire des femmes. Celles-ci, nota Blade en son for intérieur, étaient d'une grande beauté.

Il fut attiré plus particulièrement par l'une d'elles, qui poussait du pied un fût devant elle. Vêtue d'une sorte de tunique d'herbes tressées qui lui dévoilait un sein, elle se tenait très droite, avec une grande dignité. Sa chevelure d'un rouge flamboyant était maintenue en arrière par des lianes fines, qui tombaient en cordeaux sur ses épaules.

Ce que Toara avait omis de lui dire, c'est que les Ronceux avaient la peau *verte* !

Le petit groupe déposa les bidons remplis, et se chargea des caisses. L'insouciance de leurs gestes n'échappa pas à Blade, habitué au qui-vive perpétuel des Thogariens. Ces indigènes n'avaient pas peur d'être piqués par les épines de la Ronce. Pourtant, nota-t-il, ils portaient des sagaies à courte hampe, terminées par une pointe en losange : il devait y avoir des animaux dangereux dans l'écosystème dominé par la Ronce.

Toara, à ses côtés, bougea afin de chasser l'engourdissement de ses jambes. Une racine carbonisée craqua sous son talon. Les deux jeunes gens s'arrêtèrent de respirer et se tassèrent sur eux-mêmes, comme un des arrivants tournait la tête dans leur direction. Mais ce dernier secoua la tête et retourna à ses occupations.

Les humanoïdes discutaient entre eux, échangeaient des plaisanteries qu'eux seuls comprenaient. Puis celui qui devait être le chef du convoi — il arborait fièrement une tunique à franges bariolées — donna d'une voix hululante le signal de départ, et les autres, chef en tête, rentrèrent en file indienne dans la forêt par le même chemin.

Le Terrien, qui n'avait soufflé mot jusque-là, dit à voix basse :

— Attendons un moment, et suivons-les. Leur clan doit se trouver quelque part dans cette masse. Nous ne le trouverons pas tout seuls.

Toara eut une seconde d'hésitation. Le businessman sentit sa résistance.

— Est-ce que tu préfères m'attendre ici ? Pour ma part...

— Pas question de rester ici ! Je t'accompagne.

Blade soupira.

— Je m'en doutais. Une tête brûlée, voilà à qui j'ai affaire...

Ils attendirent une minute, puis se mirent en route. Le Terrien jeta un coup d'œil en direction des hautes murailles aveugles. Personne ne les avait vus. Était-ce mieux ainsi ? Il n'en était pas sûr, mais en même temps, il était trop tard pour reculer. À l'intérieur de la ville, son ami se mourait, et la solution se trouvait enfermée, redoutable secret, dans la masse de la Ronce. Chaque seconde dépensée était une seconde de perdue pour Baker et gagnée pour le poison qui coulait dans ses veines et qui, lentement mais sûrement, le tirait vers la mort.

La Ronce les avala.

Ils cheminaient depuis dix minutes sans changement notable. La piste ne ressemblait à rien de ce que Blade avait pu voir auparavant dans les safaris et expéditions auxquels il avait participé. Habituellement, la voie était taillée dans la chair de la jungle à coups de machette. Mais ici, rien de tel : une sorte de tunnel se creusait spontanément devant les Ronceux, comme pour les laisser passer. Il n'eut aucune peine à imaginer le chemin se refermant derrière eux, comme une plaie se cicatrisant.

— C'est comme si, réfléchit-il à mi-voix, les Ronceux avaient passé un accord avec la Ronce, un pacte de non-agression mutuelle...

— Ce sont des sauvages ! siffla Toara, des créatures mauvaises !

— Moins fort, l'admonesta Blade. Ils ont des mœurs différentes des vôtres, c'est tout. Il ne faut pas les juger selon nos normes. D'ailleurs, si j'en crois le dogme thogarien, il y a longtemps que nous devrions être morts, n'est-ce pas ?

La jeune fille pinça les lèvres, mais se garda de répondre. Ils marchèrent sans s'adresser la parole, le silence n'était plus troublé que par le froissement de la végétation, qui précédait l'avancée des Ronceux devant eux. Blade haussa les épaules. Il la supposait suffisamment intelligente pour revenir sur ses préjugés et s'adapter à la réalité.

La Ronce demeurait inchangée, mais en même temps toujours différente : l'entrelacs du feuillage parcourait tous les arpèges du vert, le déclinait sur tous les tons ; les branches s'évasaient par endroits pour former des sortes de coupes façonnant de gigantesques entonnoirs végétaux vraisemblablement destinés à recueillir l'eau de pluie.

D'autres s'entremêlaient, constituant des sculptures aériennes et coulantes, que n'aurait pas reniées un Dali ! Les fleurs jaunes ocellées de noir, de la taille d'une tête, qu'ils avaient remarqué dès la lisière, poussaient maintenant en bouquets éclatants, à cinq mètres de hauteur ; d'autres variétés apparaissaient, à pistil énorme, et dont les pétales ressemblaient à des langues de chien.

Toara dévorait des yeux le paysage. Elle découvrait son monde, un monde dont elle avait tout ignoré jusqu'à présent.

D'étranges canaux gainés d'écorce parcouraient le sol, entre des plaques de verdure, amenant des fluides nourriciers ambrés vers des troncs épais. Blade, tout à coup, se sentit écrasé par cette « machinerie » végétale. Il sentit le contact de la jeune femme contre son flanc, qui se rapprochait instinctivement de lui.

Ils durent ralentir, car ils aperçurent, au détour du chemin, la queue de la troupe. L'un des Ronceux désignait une trace sur le sol de la pointe de sa sagaie, et discutait avec le chef. Celui-ci se frotta pensivement le menton, puis hocha la tête.

L'humanoïde pivota sur lui-même, et se mit à marcher vers eux !

Les deux jeunes gens n'eurent que le temps de se cacher derrière un faisceau de branches épaisses entortillées en hélice, et qui grimpaient à la verticale comme un pilier. Le Ronceux passa devant eux sans les remarquer. Ses yeux suivaient une piste invisible pour les jeunes gens.

Une impulsion poussa Blade à lui emboîter le pas. Toara tenta de le tirer en arrière.

— Le convoi s'éloigne dans l'autre direction ! Si nous perdons cet homme de vue, nous serons définitivement égarés dans la Ronce !

Blade ignora les protestations de la jeune femme et se glissa à travers les broussailles. Il s'efforça d'oublier les épines qui raclaient contre sa résille de protection, tout près de sa peau.

— Aïe !

Il se retourna, soudain inquiet.

— Je me suis tordue la cheville contre cette racine ! gémit Toara.

Sans plus de manières, Blade se baissa et souleva la jeune fille dans ses bras.

— J'ai cru qu'une épine t'avait piquée... Ne recommence pas cela ! Maintenant, il s'agit d'être totalement silencieux, lui intima-t-il.

Il crut qu'elle allait exploser, mais elle se tut et s'enferma dans un mutisme tenace qui convenait parfaitement à Blade. Se perdre maintenant dans la forêt signifierait leur fin à tous les deux... à tous les trois, si l'on comptait William Baker, inconscient sur son lit d'hôpital, dans l'attente d'un antidote au poison de la Ronce qui coulait dans ses veines et répandait en lui sa mort liquide. Il ne restait plus que trois jours pour sauver son ami.

Il progressait aussi silencieusement que possible.

— Je vais mieux, dit soudain Toara. Laisse-moi descendre.

Blade ne se fit pas prier. La poursuite recommença, angoissante. Blade parvint au pied d'une extension de la Ronce qui évoquait un gros baobab vert clair, dont le tronc se ramifiait vers le haut de façon tentaculaire. Tout à coup, il ne savait plus s'il fallait prendre à gauche ou à droite. Le Ronceux s'était peut-être douté qu'il était suivi, et avait disparu...

Soudain, un cri retentit dans la jungle, provoquant l'envol d'une nuée de chauves-souris aux ailes membraneuses multicolores comme celles des papillons.

— Pas de doute, s'écria Blade, notre Ronceux est attaqué !

Il fonça en direction du bruit, qui semblait moins un cri d'effroi qu'un hurlement de défi. Ignorant si la jeune femme le suivait toujours, il déboucha sur une petite clairière dont le tapis végétal se clairsemait en bourrelets de lichen.

Le spectacle qui s'offrait à sa vue le laissa sans voix.

Une sorte de puma gigantesque se tenait accroupi, prêt à bondir sur l'humanoïde. Celui-ci était adossé à une souche noueuse, la sagaie pointée devant lui. Le fauve avait six pattes et une gueule garnie de crocs fins comme des aiguilles. Il mesurait plus d'un mètre au garrot, et partageait avec sa proie une couleur verte, qui semblait être la norme dans cette forêt.

La bête était dressée sur ses quatre pattes postérieures, tandis que des deux antérieures, il envoyait des coups de griffes vers la tête du Ronceux. Ce dernier, grâce à sa sagaie, parvenait tant bien que mal à garder ses distances, mais ce rempart paraissait bien fragile face à la détermination du monstre.

Toara arriva comme Blade dégainait son pistolet protonique.

— Mon Dieu, il est blessé à la jambe! s'écria-t-elle. Il faut le sauver!

— En effet, il m'a l'air en mauvaise posture, reconnut Blade. Mais je ne peux tirer sur le fauve sans risquer de le toucher, lui aussi.

Il entreprit de se déplacer en arc de cercle, afin de trouver le bon angle pour mettre hors de combat le fauve sans tuer, du même coup, celui qu'il désirait sauver.

Le chasseur l'aperçut. Il manifesta une profonde surprise, mais comprit immédiatement que l'inconnu essayait de lui venir en aide. L'intervention de Blade stimula son ardeur, et il parvint à enfoncer la pointe de sa sagaie dans la patte du « félin ».

Dans un horrible feulement, celui-ci se précipita sur le chasseur. Handicapé par sa cuisse lacérée, ce dernier n'eut d'autre ressource que de se jeter sur le sol. Blade appuya sur la détente; un fin rayon atteignit la nuque du monstre, qui explosa littéralement ! Son élan coupé par la mort, la bête décapitée retomba lourdement sur le côté, manquant de peu d'écraser sa proie sous la masse impressionnante de ses muscles.

L'indigène resta à terre, n'en croyant pas ses yeux. De sa blessure coulait un sang d'un rouge violacé, très fluide. Blade tendit une main secourable, et le remit sur pied. Aussitôt, le Ronceux se prosterna.

— Je vous dois la vie ! déclara-t-il. Vous avez tué le nmo'niah, qui terrorise mon clan depuis plusieurs semaines ! J'avais décidé de l'affronter en duel, mais il était trop fort...

Toara s'approcha de lui. Le Ronceux la dévorait des yeux.

— Laisse-moi examiner ta jambe, dit-elle en se penchant. C'est le moment de mettre à profit mes notions de secourisme ! Il y a la marque de deux griffures profondes. Apparemment, aucune artère n'est touchée, seulement des vaisseaux de surface. Une compresse fera l'affaire.

Elle entreprit de sortir le nécessaire d'une poche de sa combinaison.

Blade, de son côté, se pencha sur l'énorme fauve. Sa tête arrachée avait roulé sur le côté, le museau coincé contre la souche. Il tâta la fourrure ; elle était d'une épaisseur étonnante, soyeuse et chaude au toucher.

— Une telle fourrure ferait fureur sur les épaules des « élégantes » du *Bourlingueur II* !

— Le *Bour... lin... gueur ?* répéta le Ronceux, en détachant les syllabes.

— Je t'expliquerai plus tard... quel est ton nom ?

L'indigène se campa sur ses jambes.

— Je suis Karn, de la tribu des Moïliks. C'est la première fois que je vois un Immobile dans la Ronce-fille...

— Un Immobile ?

— Nous appelons ainsi ceux qui vivent enfermés dans la ville-forteresse, et ne bougent pas !

— Oh, je vois ! Vous êtes des nomades, aussi la sédentarisation vous semble aussi étrange que l'est, pour nous, le fait de se déplacer sans cesse !

Il ajouta :

— Je m'appelle Blade, et voici Toara.

Toara rougit violemment quand Karn posa les yeux sur elle. Blade remarqua que ses iris étaient dorés. Le Moïlik se laissa panser par la jeune fille, dont les doigts tremblaient légèrement.

— Que fait-on du...nmo'niah ? Il est trop gros pour emporter toute la viande.

— La... viande ? interrogea Karn. Pourquoi prendre la viande ?

— Mais... pour la manger, pardi !

Karn réprima une grimace de dégoût.

— Ainsi, c'était vrai, les Immobiles mangent de la viande d'animaux, comme les zorns !

Blade imagina que les zorns devaient être les charognards de cette étrange forêt peuplée d'extra-terrestres végétariens.

Karn se dirigea vers la souche, et saisit la tête du nmo'niah, qu'il mit entre les mains de Blade. La tête pesait bien une vingtaine de livres.

— Tu l'as tué, il t'appartient. Libre à toi de le garder, ou d'en faire don à Lu'ridd.

— Qui est Lu'ridd ?

— Notre sorcier. C'est lui qui décide de la direction de la tribu, quand nous levons le camp, qui règle le calendrier des initiations.

Blade remit à plus tard l'examen des questions qui lui brûlaient les lèvres. Il avait l'occasion unique d'approcher un groupe de Moïliks, de découvrir la raison pour laquelle la Ronce les laissait en paix, et d'où provenait leur immunité à son poison.

— J'aimerais rencontrer Lu'ridd, pour lui offrir ce trophée, en signe de rapprochement du peuple des Immobiles avec celui des Moïliks.

Toara le regarda en se mordillant les lèvres. Il sentait le conflit qui se livrait en elle. D'un côté, sa raison lui criait de s'éloigner des Moïliks, à cause des rumeurs qui couraient sur leur compte. N'étaient-ils pas la cause des incursions de la Ronce dans la ville, et du sabotage des lance-flammes? D'un autre côté, elle était attirée par le jeune Moïlik aux yeux dorés.

— Allons-y, dit Karn gaiement. Je suis si content que le nmo'niah serve d'engrais à la Ronce ! À cause de lui, trois de nos frères envoyés par Lu'ridd sont morts.

— Pourquoi Lu'ridd n'est-il pas allé transformer personnellement le nmo'niah en engrais pour la Ronce? questionna Blade non sans une certaine ironie.

L'humour ne devait pas être le fort des Moïliks, car Karn répondit très sérieusement :

— Les sorciers sont les gardiens des rites, il est impensable pour eux de combattre les nmo'niah et les zorns !

Karn se mit en route. Blade remarqua en souriant que le Moïlik faisait ce qu'il pouvait pour ne pas boiter en présence de Toara ! La jeune fille, du reste, n'était pas dupe de ce manège : elle se plaça contre lui, de façon à le soutenir.

— Regardez-moi ces tourtereaux, dit Blade en riant doucement. Ne sont-ils pas mignons !

Pour toute réponse, Toara lui jeta un coup d'œil

furibond, mais ne s'écarta pas pour autant du blessé.

Ils progressèrent à travers une jungle féconde, où l'onirisme se disputait à l'extraordinaire. Toara ne cessait de s'émerveiller des variations de cette nature frappée de folie. Blade, par contre, guettait en permanence une éventuelle attaque d'un tentacule végétal. Si Karn était immunisé contre la menace, lui et Toara ne l'étaient pas, eux ! et la Ronce pouvait frapper à tout instant, malgré leur tenue de protection.

Cependant, de façon inexplicable, elle ne s'était jusqu'à présent pas « manifestée ». Par quoi cette inaction s'expliquait-elle ? Peut-être étaient-ils protégés par la proximité du Moïlik, mais quelque chose lui soufflait qu'un autre élément entrait en jeu, qu'il n'avait pas encore identifié, qui inhibait les velléités meurtrières de la Ronce.

Pour l'instant, il n'avait qu'une chose en tête : sortir Baker de ce mauvais pas.

Karn s'arrêta une dizaine de secondes, levant la tête comme pour examiner la cime des arbres. Blade leva, à son tour, les yeux, mais ne vit rien, ébloui par le soleil en « contre-jour », maintenant haut sur l'horizon. Les yeux dorés de l'extraterrestre lui permettait, apparemment, de fixer l'astre thogarien sans problème.

— Mettez vos pas dans les miens, avertit Karn. Nous n'allons pas tarder à pénétrer sur le territoire d'Arach'mre. Heureusement, nous sommes en bons termes avec elle depuis plusieurs révolutions de Fhlol.

Toara précéda les questions de Blade :

— Qui est Arach'mre ? Et Fhlol ?

Karn eut une mimique de surprise, puis il se ravisa, et dit :

— J'oubliais que vous êtes des Immobiles, et que les Immobiles usent de mots étranges pour désigner les choses... Fhlol est le soleil qui nous éclaire. Sans ses rayons bienfaisants, la Ronce dépérirait. Il existe un ancien pacte entre Fhlol et la Ronce. Il y a longtemps, le monde était plongé dans un épais manteau de ténèbres. La Ronce n'était qu'une maigre pousse qui n'était éclairée que par la lumière des étoiles. Alors, une immense tige lui poussa, qui portait le feu à son extrémité. La tige s'étira jusqu'à un astre éteint, qu'il alluma et qui prit le nom de Fhlol, qui signifie : *Feu-qui-vient-de-l'espace.* Dès lors, Fhlol contracta une dette envers la Ronce, et lui dit : « Chaque matin je me lèverai, pour te réchauffer à mes rayons. Ainsi te remercié-je pour m'avoir éveillé. » Réchauffé par Fhlol, la Ronce grandit et s'étendit sur tout notre monde.

Blade sourit. Cette légende était une façon originale de concevoir le processus biochimique qui liait toute végétation, quelle qu'elle soit, au soleil, et qui avait pour nom « photosynthèse ».

— Fhlol..., s'exclama Toara, vous voulez dire l'étoile de Thogar !

— Un nom n'est qu'un nom, qui peut recouvrir maintes réalités différentes, philosopha Blade. À l'inverse, divers noms peuvent désigner la même chose. Ainsi, Ronceux et Moïliks, Immobiles et colons, sont deux choses identiques. Peut-être Arach'mre est-il connu de nous, sous un autre nom.

Karn secoua la tête.

— Les Immobiles ne peuvent connaître

Arach'mre. Ou bien, ceux qui l'ont connu lui ont servi de déjeuner! Arach'mre, comme les nmo'niahs, se nourrit d'animaux.

— Et à quoi ressemble ces choses ?

— Il n'existe qu'une seule Arach'mre dans les contrées que les Moïliks connaissent. Quand elle pond ses œufs, elle les dévore aussitôt, à l'exception de deux : un mâle, et une femelle. Sitôt éclos, le mâle féconde la femelle, puis, ayant accompli sa fonction, il meurt. Au besoin, la mère l'aide à mourir ! La jeune femelle, déjà robuste, se jette sur sa mère, qui, affaiblie, ne peut guère résister, et tombe sous ses mâchoires. C'est de cette façon que la nouvelle Arach'mre assure son premier repas.

— Charmante famille..., commenta Blade pour lui-même. Encore que les empereurs romains de l'antique Terre, qui s'empoisonnaient gaillardement entre frères et sœurs, fils et mères... quand ils ne s'égorgeaient pas, purement et simplement, n'étaient pas beaucoup plus sympathiques !

Karn s'était fait silencieux à l'approche du territoire de l'Arach'mre. La végétation également changeait : l'espace entre les arbres augmentait ; les ramifications du branchage et des racines aériennes disparaissaient presque totalement au profit de grosses branches lisses.

Les multiples bruits qui peuplaient la jungle s'évanouirent progressivement, pour faire place à un silence oppressant.

— Je n'aime pas cela, dit Toara. On dirait que la mort rode autour de nous.

— La mort court dans les veines de Baker, répondit Blade. C'est de cette mort-là dont je me préoccupe. D'ailleurs, selon Karn, Arach'mre ne constitue pas un danger.

Le Ronceux hocha la tête, convaincu.

— Son territoire commence ici, ajouta-t-il en tendant l'index devant lui.

Blade étouffa un cri de stupéfaction, que ne put retenir Toara. Une gigantesque toile se tendait jusqu'à l'horizon, soutenue par des arbres monumentaux.

— Une araignée..., murmura Toara, dont le ton reflétait une fascination mêlée de répulsion. C'est une araignée géante qui habite les lieux...

Elle ne trouvait pas les mots pour qualifier son horreur. Blade, lui non plus, n'était guère rassuré par la présence invisible.

— À quoi ressemble cet animal ? s'enquit-il, moins par curiosité que pour meubler un silence lourd de frayeurs.

— Arach'mre n'est pas un animal, rectifia le Moïlik.

— Pas un animal ? Qu'est-ce donc, alors ?

— C'est une plante, voyons !

Désarçonné, Blade se mit à rire :

— C'est d'une évidence ! Quand je pense que je me suis moqué de Baker, qui s'étonnait de ne pas trouver de logique dans l'espace !

Karn lui lança un regard interrogatif, mais son attention fut détournée par un froissement de branches, non loin d'eux.

— Il vaut mieux ne pas traîner, conseilla-t-il. Arach'mre n'aime pas que l'on empiète sur son territoire. Elle est très versatile dans ses résolutions et, sous le coup de la colère, peut oublier l'accord que nous avons passé il y a deux révolutions et demie de Fhlol.

— Nous ne sommes pas des Moïliks, fit remarquer Blade. Cette différence ne la poussera-t-elle pas à s'attaquer à nous ?

— Durant la traversée de son territoire, vous êtes sous ma protection. Il faut simplement éviter d'effleurer les fils de la toile. Si elle vous menace, je m'interposerai entre elle et vous. De cette manière, elle comprendra qu'il ne faut pas vous toucher.

— Louable intention, grommela Blade, mais je compte tout autant sur le pistolet protonique que m'a confié Rhom...

Il avait prononcé cette réflexion assez bas pour ne pas être entendu par Karn.

Un barrissement étranglé glaça le trio.

La toile vibra légèrement. Karn se remit en route, plus doucement.

— Arach'mre est toute proche, dit-il. Un da'agh s'est pris dans sa toile, c'est lui que nous avons entendu. Elle ne devrait pas tarder à venir.

Blade sortit son pistolet protonique. Ils marchaient à couvert. La toile au-dessus de leur tête vibrait de plus en plus violemment. Arach'mre se rapprochait rapidement, mais ils ignoraient d'où elle viendrait.

Ils cheminèrent encore deux minutes, puis tombèrent sur la bête qui barrissait de terreur. Elle était emmaillotée dans un pan de toile collante. En les apercevant, elle poussa un autre cri désespéré.

Blade regarda le quadrupède, dont le corps de la taille d'un poney, de couleur vert foncé parsemé de touffes de poils jaunes, était prolongé d'une tête canine aux yeux cernés de noir. Son museau se terminait par une trompe d'un pied de longueur, qui exprimait toute la détresse imaginable.

— On ne peut pas le laisser comme cela ! s'écria Toara, apitoyée.

Karn haussa les épaules.

— Ce da'agh appartient à Arach'mre. Les da'aghs abondent dans la Ronce, il y en a assez pour Arach'mre, les zorns et les nmo'niahs. Ils se reproduisent avec rapidité.

— Mais regardez-le, prisonnier de la toile !

— Qui est prisonnier de la toile ? fit Karn sentencieusement. Qui est le plus à plaindre ? Le da'agh, ou Arach'mre, condamnée à vivre dedans sa vie durant ?

Blade espéra que Lu'ridd, le sorcier des Moïliks, se montrerait aussi philosophe que Karn.

— Karn est dans le vrai, approuva-t-il. Nous sommes sur le territoire d'Arach'mre. Elle risque de « prendre la mouche » — si j'ose m'exprimer ainsi — si nous lui volons son gibier.

À regret, le trio repartit, abandonnant le da'agh à son triste sort. Toara se retourna une dernière fois dans sa direction, et poussa un cri étranglé. Arach'mre descendait chercher son repas !

Il s'agissait d'une araignée gigantesque, pourvue de douze pattes symétriquement réparties autour d'un corps ovale allongé, dont la tête formait une excroissance hideuse — d'autant plus hideuse que les traits gravés sur le casque chitineux de la créature évoquaient à s'y méprendre ceux d'un être humain !

Mais le plus effarant résidait dans le fait que l'araignée démesurée, qui devait peser plus de trois cents kilos, *était totalement transparente* ! Ses entrailles apparaissaient à travers la peau translucide, semblables à des serpentins de verre. On apercevait les restes ignobles de créatures à moitié dissous par les sucs gastriques.

L'araignée cristalline saisit délicatement le da'agh barrissant de terreur entre deux pattes filées, et se mit en devoir de le saucissonner dans des fils gluants, qui formèrent rapidement un cocon humide qu'elle s'accrocha tout bonnement sous le ventre !

— Ne restons pas là, dit Karn.

Alertée par le bruit, Arach'mre leva sa tête. Sous son espèce de casque, une grappe d'yeux était disposée en rosace autour d'un jeu de mandibules broyeuses évoquant des mâchoires acérées. Indécise (sa vision devait être inopérante, au-delà d'une certaine distance), elle se hissa à toute vitesse sur l'arbre le plus proche, en position de défense. Ses multiples yeux pivotèrent sur eux-mêmes, et se braquèrent simultanément, afin d'affiner sa vision. Elle reconnut le Moïlik, et siffla sur une note basse, indiquant son intention de ne pas attaquer.

— J'en ai froid dans le dos..., souffla Toara. J'ai eu l'impression que son sifflement exprimait de la déception !

— J'ai eu également cette sensation, confirma Blade. Comme dit Karn, mieux vaut ne pas s'attarder.

Ils poursuivirent leur chemin. Il leur fallut une heure de marche à bonne allure pour sortir du territoire d'Arach'mre.

— Le camp de ma tribu n'est plus loin, affirma Karn. Nous y serons rendus dans peu de temps.

Le danger écarté, Toara reprenait confiance en elle, et devenait prolixe.

— Je n'ai jamais été réellement effrayée par cette... chose !

— Bien sûr que non ! railla Blade.

— Bien sûr que non ! répéta Toara le plus sérieusement du monde. J'ai été seulement... surprise par sa transparence, c'est tout ! Comment une créature vivante peut-elle vivre normalement, dénuée de tout pigment ?

Karn leva les épaules en signe d'ignorance.

— J'ai ma petite théorie là-dessus, dit pensivement Blade. Beaucoup d'animaux des profondeurs — des poissons des grands fonds, par exemple — sont totalement transparents. Arach'mre, n'étant pas une chasseuse, doit résider la plupart du temps à l'abri du soleil, dans une caverne où les rayons ne pénètrent pas. De plus, c'est une plante, comme nous l'a révélé Karn. Ses cellules, transparentes comme celles des méduses, ne contiennent pas la chlorophylle qui donne la coloration verte aux plantes et leur permet de se nourrir à partir de l'atmosphère. Ne pouvant participer au cycle de la photosynthèse, elle tire sa substance des animaux qu'elle dévore, comme n'importe quel prédateur ! Mais il est à parier que c'est de la sève, et non du sang, qui coule dans ses veines.

Ils arrivaient dans le village.

Blade s'attendait à voir des cases traditionnelles, fruits du travail de la communauté. Mais tout ce qu'il vit, ce furent de larges feuilles, recourbées pour former des toits rudimentaires. Les Moïliks ne s'accommodaient pas seulement de la Ronce. Ils semblaient être à tous les niveaux en parfaite harmonie avec elle.

Les Moïliks virent arriver les deux Immobiles avec autant de stupéfaction que Karn. Une femme à la chevelure écarlate accourut. C'était celle dont

Blade, à la lisière de la Ronce, avait remarqué la grande beauté.

— Karn ! Tu as vaincu le nmo'niah !

Puis elle s'avisa du fait que le trophée était porté par l'étranger. Karn prit la main de Toara.

— Cet Immobile a tué le nmo'niah, qui m'avait réduit à merci !

Alors, la Moïlik fut en deux pas auprès de Blade, qu'elle embrassa à pleine bouche !

— Je suis Faïlé, la sœur de Karn. Je suis si contente que vous l'ayez sauvé des griffes du nmo'niah ! J'avais si peur pour lui !

Toara regarda le geste de Faïlé sans paraître s'en formaliser ; au contraire, elle passa son bras autour du cou de Karn, et fit la même chose !

Les autres Moïliks s'attroupèrent autour du petit groupe. Blade s'aperçut qu'ils voulaient à tour de rôle, les enfants y compris, toucher la tête tranchée du nmo'niah. Ceux-ci dévisageaient Blade en se répandant sur les étranges vêtements qu'il portait. Les femmes, de leur côté, parlaient et riaient à voix basse en détaillant sous toutes les coutures le nouvel arrivant.

Karn disparut un moment, laissant Blade et Toara aux prises avec la foule. Il revint, la mine réjouie.

— Notre sorcier Lu'ridd consent à vous unir à notre repas rituel, qui aura lieu ce soir, dit-il.

— Je pourrai ainsi lui remettre ce pesant cadeau.

— Il en sera très touché, je n'en doute pas.

Ce fut Faïlé qui parvint à soustraire les deux « Immobiles » aux attouchements des villageois. Elle les fit entrer dans sa « case ».

— Vous y serez à l'aise, fit-elle. La préparation du repas rituel me réclame. Si vous avez besoin de quelque chose, n'hésitez pas à appeler un des enfants, qui viendra me prévenir.

Elle les laissa seuls. Blade prit la parole.

— Civilisés, pour des « sauvages », non ?

Toara en convint à contrecœur.

— L'accueil spontané que nous avons eu à « subir » me confirme dans mon opinion : ces extraterrestres sont pacifiques et n'ont pas de mauvaises intentions à notre égard. Ils ont l'air trop détachés des préoccupations des colons pour se risquer à perpétrer des sabotages.

— C'est possible, admit Toara. Mais dans ce cas, qui aurait intérêt à nous faire subir toutes ces agressions ?

— L'ennemi n'est souvent pas celui auquel on pense de prime abord. L'expérience me l'a maintes fois montré. Je doute que les Moïliks soient mêlés à ces histoires d'attentats.

Des sortes de calebasses évidées contenaient un petit-lait végétal très frais, que Blade but avec délices. Il reprit :

— Nous en parlerons ce soir avec Lu'ridd, durant la cérémonie où nous sommes conviés, mais je ne pense pas me tromper.

CHAPITRE VII

Le village de Moïliks comptait une centaine d'individus. Tous participaient au repas rituel, qui se déroulait au centre du village, autour d'une pierre plate, grossièrement circulaire, pesant au bas mot trois cents kilos, d'un noir veiné de bleu et de vert indigo. La « place » était dépourvue de toute racine ou pousse de Ronce.

Les caisses de marchandises de troc étaient empilées à l'écart.

Blade posa le trophée de nmo'niah devant lui, et s'assit en tailleur entre Faïlé et Toara. Karn se tenait à droite de Toara. Le soleil, Fhlol, descendait lentement sur l'horizon, imprégnait les formations nuageuses de tons pastels et orangés.

Des enfants Moïliks vinrent entasser de la broussaille de Ronce morte sur la pierre.

Chacun évitait soigneusement de toucher la pierre. Elle revêtait visiblement une importance considérable à leurs yeux. Des signes cunéiformes gravés sur sa tranche formaient une écriture ressemblant à du kassite[1]. Blade en fit la remarque à Faïlé.

1. Nom d'un peuple de Mésopotamie, qui vécut vers 1200 av. J.-C, et qui utilisait un système d'écriture inventé par les Sumériens, le cunéiforme.

— Ces signes retracent les différents rites qui président aux grands événements de la vie, raconta-t-elle. Nous emportons la pierre, chaque fois que nous changeons de camp. Il faut quatre guerriers vigoureux pour la porter ! Ce soir, Lu'ridd recevra les dons de ceux qui seront candidats à l'initiation.

L'attention de Blade s'éveilla.

— N'importe qui peut demander à être initié ?

Faïlé réfléchit.

— Rien ne s'y oppose, en théorie... L'initiation consiste à entreprendre un voyage au sein de la Haute Ronce, jusqu'à la Souche-mère, afin de boire la Sève-de-vie, qui nous protège du poison de la Ronce tout au long de notre vie. J'ai effectué ce trajet il y a cinq ans, avec Karn et trois autres enfants.

— Quel fut ton don à Lu'ridd ?

La jeune indigène se redressa fièrement.

— Une peau de zorn, que j'ai pris à un piège de mon invention. Il m'a tout d'abord fallu capturer un da'agh, que j'ai attaché à une racine. Devant lui, j'ai creusé un trou profond, que j'ai tapissé de toile d'Arach'mre. Il ne restait plus qu'à recouvrir le trou de feuilles larges tendues sur une armature de tiges de Ronce. Ensuite, je me suis cachée sous une autre racine et j'ai attendu, armée d'une sagaie. Après que l'ombre des arbres se fut allongée de trois mains, un zorn affamé est venu, attiré par le cri du da'agh. Il ne s'est pas douté du piège, et s'est précipité sur le pauvre da'agh. Mal lui en a pris ! Il est tombé dans le piège ; je n'ai eu qu'à le recouvrir du filet en toile d'Arach'mre, et le tuer d'un coup de sagaie.

— Les filles sont-elles contraintes de faire un don exigeant une telle inventivité ou un tel courage ?

Le visage de Faïlé s'assombrit.

— Les garçons y sont obligés. Quant aux filles... Elles se résignent parfois à donner un tribut d'un tout autre genre à Lu'ridd.

— Je vois, fit Blade, songeur. Lu'ridd semble avoir tiré certains... avantages de sa situation privilégiée de gardien des rites.

Passive, Toara avait écouté la conversation. Elle ne put s'empêcher de s'écrier :

— Ce Lu'ridd m'a l'air d'un sacré salopard, de profiter ainsi des innocentes Moïliks !

Blade nota avec satisfaction que la jeune fille avait changé sa façon d'appréhender les humanoïdes : ce n'étaient plus les *Ronceux,* mais les *Moïliks.*

— *Sacré* est le mot, lui souffla-t-il. N'oublions pas que ce Lu'ridd est respecté par les siens. Il faut donc procéder en douceur, même si le bonhomme ne m'inspire qu'une sympathie limitée !

Toara le fixa avec surprise : Blade l'avait habituée à plus d'action !

— Pourquoi le ménager ?

— J'ai ma petite idée sur la manière dont les Moïliks s'immunisent contre la Ronce. Il y a de fortes chances que le fameux anti-poison soit contenu dans la Sève-de-vie qui est bue au terme du voyage initiatique. En fait, j'en suis convaincu, il n'y a pas d'autre explication possible.

Toara eut un mouvement de recul.

— Maintenant, je comprends ce que tu comptes faire ! Tu veux te faire initier, et prendre de la Sève-de-vie pour le ramener à Thogar... Lu'ridd n'acceptera jamais, tu n'es pas un Moïlik !

— Moins fort, lui intima Blade. Le voilà qui

vient. Nous n'allons pas tarder à être fixés sur la validité de mon plan.

Il se pencha vers Faïlé.

— Que va-t-il se passer?

— Nous allons d'abord ouvrir les cadeaux offerts par les Immobiles en échange du Nectar de Ronce.

Mentalement, Blade traduisit l'expression *Nectar de Ronce* par le terme *suc de Thogar.*

— ...Puis nous prendrons notre repas sous la protection de Lu'ridd, et il recevra les cadeaux des prétendants à l'initiation, qui doit débuter demain.

Le silence s'installa parmi les Moïliks, tandis que le sorcier gardien des traditions arrivait en grande pompe. Blade comprit en le voyant que l'individu était fort attaché à la dignité de sa charge : de multiples colliers de dents — certainement des dons provenant de candidats à l'initiation — ainsi que diverses babioles d'origine indéterminée brinqueballaient sur sa poitrine affaissée de quinquagénaire bedonnant. Son port et sa démarche excessivement fiers étaient quelque peu ridicules, et Toara ne put se retenir de pouffer.

Lu'ridd passa devant eux sans les voir et alla s'asseoir sur une caisse vide, qui avait autrefois servi à emballer une livraison des colons et avait été promue trône de fortune ! Blade réalisait à présent pourquoi Lu'ridd n'avait pas rencontré les deux Immobiles au cours de la longue journée : il devait avoir jugé inutile de se déplacer pour faire leur connaissance.

Dès que le sorcier se fut assis, il claqua dans ses mains. Un adolescent à la peau vert pâle apparut, portant précautionneusement un pot métallique qu'il présenta ouvert à Lu'ridd. Celui-ci fouilla alors dans ses couches de colliers, pour en sortir une sorte de pince de métal, à larges bords. Il piocha dans le pot, et en sortit une braise rougeoyante, qu'il jeta sur le tas de broussailles en marmonnant des paroles à mi-voix. Le feu prit aussitôt.

Et, très vite, les conversations interrompues reprirent. Une atmosphère sereine baignait la cérémonie — il n'y avait pas d'autre terme pour désigner le repas, où les plantes, avant d'être cuites, étaient minutieusement préparées selon des règles strictes. Lu'ridd supervisait, tel un chef cuisinier jaloux, les opérations. Les plantes, après préparation, étaient jetées dans le feu, puis retirées à l'aide de bâtons dès que le degré de cuisson voulu était atteint. Elles étaient ensuite entassées dans des calebasses évidées.

Une bonne odeur se répandit sur le camp.

— Cette fricassée de racines me met l'eau à la bouche ! avoua Toara à son compagnon.

— L'eau... à la bouche ? s'enquit Faïlé, inquiète. Etes-vous malade ?

Blade lui expliqua que ce n'était qu'une expression, et qu'il ne fallait pas s'attendre à voir la bouche de la jeune femme se transformer en source !

— Vous êtes décidément des êtres étranges, vous les Immobiles, conclut Faïlé.

Elle modéra toutefois ses propos en embrassant Blade sur la bouche, tendant à prouver que les Moïliks appréciaient l'étrangeté à sa juste valeur !

— Nous mangerons après qu'aient été déballées les offrandes des Immobiles, expliqua Karn à Toara.

Des hommes se saisirent des caisses et les portèrent devant Lu'ridd. Celui-ci adressa par gestes l'ordre de les ouvrir. Les hommes, à l'aide de casse-tête, fracassèrent les couvercles sans égard pour leur contenu. Ce qui se passa ensuite provoqua la stupeur chez Blade et Toara : Lu'ridd plongea les mains dans la première caisse, en retira un communicateur individuel à ondes courtes, fruit de la technologie la plus développée. Il retourna l'objet en tous sens, le flaira... puis le jeta au feu !

Les Moïliks assistaient, impassibles, à l'incinération des « babioles ». Lu'ridd ne conservait que les objets qui lui paraissaient offrir un quelconque intérêt utilitaire ou esthétique. La première caisse vide, celle-ci fut jetée dans le feu, où se consumaient déjà les objets exclus du choix pour le moins arbitraire du sorcier, et ce dernier s'attaqua à la deuxième caisse !

Blade souffla à l'oreille de Toara :

— Je comprends à présent pourquoi les Moïliks me paraissaient si démunis, malgré les livraisons. Ces indigènes ne se donnent même pas la peine de rechercher l'usage de ces objets. Pour eux, ceux-ci sont laids et sans intérêt apparent.

Médusée, Toara regardait fixement le foyer. Dans son esprit, tout un monde s'écroulait : elle avait cru que les Ronceux, — les Moïliks — avaient absolument besoin des colons pour survivre. Or elle découvrait qu'il n'en était rien, et que ceux-ci ne récoltaient le suc de Ronce que pour en tirer quelques quolifichets sans importance à leurs yeux.

Blade s'adressa à Faïlé.

— Cela se passe-t-il toujours de cette manière ?

— Bien sûr. Pourquoi cela se passerait-il autrement ? Lu'ridd nous affirme qu'il n'y a pas d'autre moyen de procéder. Nous sommes nomades, nous ne nous encombrons pas d'objets inutiles...

Toara s'exclama :

— Ces « objets inutiles », comme vous dites, sont le résultat de siècles de progrès ! Nous pensions vous en faire profiter, mais je m'aperçois qu'il s'agit d'un marché de dupes, à votre désavantage.

— Au désavantage des deux communautés, rectifia Blade. Personne ne profite pleinement de la situation présente.

— Il faut que cela change ! s'emporta Toara. À notre retour, je me ferai l'ambassadrice des Moïliks ! Une fois la situation éclaircie, des Thogariens se porteront volontaires pour vous enseigner l'utilisation des objets... moi la première.

— Bien dit ! lâcha Blade. Je n'en attendais pas moins de toi. Mais il s'agit désormais de convaincre Lu'ridd, lequel ne verra peut-être pas d'un bon œil l'affaiblissement de son pouvoir spirituel sur le clan !

Le ton léger de Blade était loin de refléter ses préoccupations. La vie de Baker se jouait là. Le sorcier accepterait-il sa demande d'initiation ?

Les larges plateaux concaves passaient de main en main. Blade saisit celui que Faïlé lui tendait, et saisit deux brins de Ronce, ressemblant étonnamment à des lamelles de viande séchée. Il croqua dedans — cela en avait également le goût. Il passa le plat à Toara, qui en prit un prudemment. Si un jour on lui avait dit qu'elle se verrait proposer de la Ronce en guise de dîner... Prenant son courage à deux mains, elle mâcha un morceau. Elle aussi fut conquise par cette nourriture exotique.

— C'est excellent ! s'écria-t-elle, à la grande joie de Karn. Nous avons toujours pensé que la Ronce n'était pas comestible, à cause des toxines mortelles que ses tissus contiennent. Je m'aperçois qu'il n'en est rien.

— Je t'apprendrai à en cuisiner, dit Faïlé. Les... toxines, comme tu dis (nous appelons cela les *humeurs* de la Ronce), peuvent être annihilées très facilement, à l'aide de recettes simples.

Blade hocha la tête. Il réalisait maintenant que la procédure religieuse de préparation des aliments trouvait là sa justification : éliminer les toxines infestant le corps de la Ronce, et la rendre propre à la consommation.

Au cours du repas, d'autres plateaux passèrent dans leurs mains ; la nourriture, délicieuse, était arrosée de petit-lait battu extrait de pulpe de racine de Ronce. Une fois les plateaux vides, ceux-ci étaient jetés dans le feu, avec force incantations de Lu'ridd.

Le repas rituel s'acheva sur une déclaration enflammée du sorcier, prélude à l'initiation. Les mots, maladroitement choisis, exprimaient des idées simples mais qui résonnaient dans les cœurs des humanoïdes présents. Il y était question de fusion des Moïliks et de la nature. Lu'ridd ne faisait que répéter ce qui se transmettait depuis toujours au sein du clan.

— Les enfants sont des Moïlik'ranks, discourait Lu'ridd, ce qui signifie qu'ils sont *acceptés* par la Ronce. La Ronce, consciemment, ne leur porte pas préjudice, mais certains, piqués par une épine, meurent cependant. S'il veulent atteindre le Zao, l'*intégration* dans l'esprit de la Ronce, il leur faut entreprendre le voyage formateur qui les conduira à la Souche-mère.

Les Moïliks, se dit Blade, vivaient à l'instar des

insectes : ils vivaient de la plante, avec la plante. Ils se nourrissaient de ce qu'elle voulait bien leur donner, et la débarrassaient de ses débris — la broussaille de Ronce morte, par exemple. Mais jamais ils ne la violentaient : les interdits culinaires témoignaient de leur respect pour la Ronce.

— Quels sont les Moïlik'ranks désirant accéder au rang de Moïlik ? clama Lu'ridd d'une voix forte. Qu'ils s'avancent, et me remettent leurs présents !

Trois adolescents se levèrent de conserve. De jeunes garçons, de quatorze à seize ans, qui portaient chacun un objet — au grand désappointement visible de Lu'ridd, qui voyait lui échapper, pour cette fois, l'espérance d'une jeune fille dévolue à lui seul l'espace d'une nuit.

Les trois jeunes gens déposèrent l'un après l'autre leur présent aux pieds du gardien des rites.

— Je suis Moïlik'rank Rhug, et mon présent est une corne de jha'lvam pris dans mon piège.

— Je suis Moïlik'rank Keebal, et mon présent est une mâchoire de zorn cloué par ma longue sagaie au tronc d'un arbre-à-plateaux.

— Je suis Moïlik'rank Mee-la, et mon présent est une aile de krotang, abattu du premier coup à l'aide d'une fronde.

— *Nous sommes le Terrien Ronny Blade et la Thogarienne Toara Lendor-Kasim. Notre présent est une tête tranchée de nmo'niah, tué pour sauver de ses griffes un Moïlik !*

Un silence stupéfait succéda à la spectaculaire entrée en scène de Blade. Même Toara demeurait sans voix, elle était loin d'imaginer que son compagnon aurait l'audace de cette action d'éclat...

Lu'ridd, peu habitué à être ainsi apostrophé,

resta une seconde sans réaction. Blade vit son front se plisser sous l'effet d'une intense réflexion.

— Vous n'êtes pas des Moïliks, dit-il enfin. Des Immobiles ne peuvent pas être initiés. La Ronce vous rejette depuis toujours.

— Il est temps que cela change, affirma Blade tout haut.

Constatant que tous les Moïliks étaient suspendus à ses lèvres, il prit de l'assurance et poursuivit :

— Est-il marqué sur votre pierre sacrée que le rite d'initiation est réservé à l'unique usage des Moïliks ? Est-il inscrit que les Immobiles en sont exclus ?

Lu'ridd ne pouvait mentir face à l'assemblée des Moïliks, sans perdre du même coup la crédibilité qui sous-tendait son pouvoir.

— Non, reconnut-il à contrecœur, la pierre ne dit rien de tel.

— Considérez-vous que notre... cadeau n'est pas suffisant ?

Lu'ridd se lécha les lèvres d'un air embarrassé.

— Le crâne de nmo'niah l'est amplement...

Karn se leva et réclama la parole.

— Je suis Karn, celui qui a été sauvé par l'Immobile. J'ai une dette envers lui, non pas ma vie, car il me l'a offerte et que l'on ne paye pas ce qui vous a été donné. Mais il m'a fait découvrir qu'une union fructueuse peut avoir lieu avec les Immobiles. (En disant cela, il jeta un regard à Toara, qui rougit.) Aussi, je demande de conduire Rhug, Keebal, Mee-la, Blade et Toara vers la Souche-mère, afin qu'ils reçoivent la Sève-de-vie et atteignent ainsi le Zao !

Lu'ridd comprenait, mais un peu tard, qu'il s'était fait jouer. Il acquiesça, mécontent, en maugréant :

— Accordé. Vous partirez demain matin, au lever de Fhlol.

*
**

Blade s'éveilla aux premières lueurs de l'aube. Faïlé remua contre son épaule. Tous deux ne s'étaient endormis que fort tard dans la nuit, mais le Terrien avait déjà hâte de partir. Il ne restait plus à Baker que deux jours, et le voyage, à pied, durerait deux jours pleins ; il avait juste le temps de mener à bien sa mission. Si seulement il avait emporté un harnais dégravité, tout aurait été plus simple !... Hélas, l'essentiel de ses affaires se trouvait sur le *Bourlingueur II*.

Il lui caressa la joue, tâchant de lui éviter le contact froid de la menotte à laquelle sa main était toujours attachée.

— Fhlol vient de resurgir de derrière l'horizon, dit-il. Il est temps que je parte...

Elle l'embrassa passionnément, mais il lui mit un doigt sur la bouche.

— Je reviendrai vite, je te le promets. Je n'ai pas l'intention de m'attarder dans cette jungle.

Il descendit du cocon douillet formé par une feuille moelleuse, recouverte d'une pellicule de duvet d'une grande douceur. Rapidement, il enfila sa résille et rejoignit le petit groupe à l'entrée du village.

Le bras de Toara était passé autour de la taille de Karn, qui portait une sacoche en bandoulière — il était inutile de demander en quelle compagnie elle avait passé la nuit ! Les deux amants échangeaient des regards à la dérobée, qui n'échappèrent pas à

Blade. Celui-ci eut un sourire : une collaboration fructueuse entre les colons et les Moïliks était en bonne voie — et nul doute que dans le cadre de ce nouvel équilibre, la B and B Co aurait son mot à dire !

Les trois adolescents étaient bardés de bandes de cuir de zorn incrusté d'éclats de granit, destinées à les protéger des épines de la Ronce. Ils portaient une sagaie à pointe de bois durci au feu serrée dans chaque poing. Karn, pour sa part, n'en portait qu'une, à sa main gauche.

— Vous n'avez pas de sagaie, fit remarquer l'un des garçons, qui s'était présenté la veille sous le nom de Keebal. Je peux vous prêter l'une des miennes.

— Je te remercie, mais je n'ai pas eu besoin de sagaie pour abattre le nmo'niah, répondit Blade.

— Il a utilisé un bâton qui tue à distance, expliqua Karn. Un trait de feu bleu a jailli du bâton sans même qu'il lui ordonne, puis la tête du nmo'niah écumant de rage et de cruauté s'est détaché du tronc, comme ça ! et a glissé jusqu'à mes pieds.

Les garçons roulèrent des yeux affolés. Blade sourit. Karn en rajoutait à plaisir ; il profitait de l'événement exceptionnel auquel ils étaient confrontés pour s'amuser d'eux. Les Moïliks, finalement, n'étaient pas dépourvus d'un certain humour.

— Nous partons maintenant, déclara Karn. Les obstacles qui se dresseront sur notre route peuvent être fatals à l'un ou l'autre d'entre nous, c'est pourquoi nous nous devons entraide. Telle est la règle. Si celle-ci n'était pas respectée, l'initiation prendrait fin automatiquement, et le fautif ne serait plus jamais admis à effectuer un autre voyage. Il serait banni du village, et devrait pour le restant de ses jours affronter, seul et sans la protection de la Sève-de-vie, la Ronce. À présent, jurons !

Ils croisèrent le bois de leurs sagaies ; Blade et Toara, eux, placèrent leur main par-dessus. Tous prêtèrent serment, puis ils se mirent en route. Blade mourait d'envie d'aller plus vite, mais il était contraint de marcher au rythme de Karn, qui seul connaissait le chemin de la Souche-mère.

Ils progressaient sur un sol mou, tissé d'herbes fines. Karn marchait sans boiter ; sa blessure s'était refermée en une nuit.

Blade flaira alors un parfum, une fragrance capiteuse qui ne lui était pas inconnue. Où l'avait-il déjà senti ? Derrière lui, Toara fronçait nerveusement le nez. Il se porta à la hauteur de Karn.

— Comment arrives-tu à te repérer dans cet inextricable fouillis végétal ? questionna-t-il. Tous ces arbres sont pareils...

Karn eut un sourire mystérieux.

— La Ronce sait que nous sommes là, et pour quelle raison. Elle n'ignore rien de nos déplacements. Elle n'est pas notre ennemie, aussi nous ouvre-t-elle le chemin, comme elle l'a fait lors de notre passage dans le territoire d'Arach'mre. Mais elle sait aussi que ceux qui m'accompagnent n'ont pas encore été initiés. Ce ne sont pas de vrais Moïliks...

— J'y suis ! dit soudain Blade. Cette odeur, je l'ai sentie peu avant que Will se fasse piquer ! C'est une odeur de danger...

Karn considéra Blade avec surprise.

— C'est exact. La Ronce nous avertit ainsi que le contact avec ses épines est encore mortel pour les novices. C'est ce qu'elle a dû faire pour votre ami...

— Et nous qui croyions qu'elle nous avertissait de ne pas pénétrer sur son domaine...

Toara hocha la tête tristement.

— Encore une erreur qu'il nous faudra rectifier, fit-elle.

— C'est tout un mode de raisonnement qu'il faudra changer, dit Blade. Ce sera d'autant plus dur que beaucoup de Thogariens ont perdu des êtres chers, et ne se résoudront pas à envisager la Ronce autrement que comme une ennemie. Mais les êtres humains n'auraient jamais pu conquérir l'espace s'ils n'avaient su s'adapter à de nouvelles conditions d'existence.

— Ils s'adapteront, dit Toara avec ferveur. Les conditions d'existence seront plus douces qu'avant. Si l'immunité contre le poison de la Ronce est découverte et rendue accessible à tous les habitants de la colonie, alors la menace de la Ronce disparaîtra, et de nouveaux rapports, bien plus fraternels, naîtront entre colons et Moïliks. Ce sera la fin d'un compromis précaire...

— ...Et de la suprématie de la Pharmamondiale, conclut Blade. Je crois qu'il faut plus que jamais se méfier de vos commanditaires.

Tout à leur discussion, ils s'enfonçaient dans la Haute Ronce. Les trois garçons posaient des questions à Toara, au sujet de la vie à l'intérieur de la cité-forteresse. Ils ne laissaient pas de s'étonner : quelle idée bizarre, de promener ses pas dans des chemins recouverts d'*asphalte,* un matériau rêche et dur aux pieds ! Pas moins bizarre que de dormir dans des *maisons* closes sur cinq côtés, où brillent de petites étoiles tombées de la voûte céleste et emprisonnées dans des coquilles de verre ! C'était sans doute à cela que servaient les oiseaux d'acier qui périodiquement se posaient et décollaient : à aller décrocher des étoiles du ciel, pour les encager dans des *ampoules électriques !*

Blade s'émerveillait de la fécondité de l'imagination de ces « sauvages », qui en aurait remontré à plus d'un « civilisé » !

La densité de la Ronce augmentait ; le groupe se déplaçait à présent dans une semi-pénombre peuplée d'ombres furtives, où la lumière ne perçait plus que par éclairs furtifs. Malgré le taux d'humidité élevé, la gorge de Blade était sèche. Ils dépassèrent un plant chargé de gros fruits bleus, évoquant des pastèques ; Blade reconnut la cosse dont on se servait pour la fabrication des calebasses.

Karn fit arrêter le groupe, puis détacha un fruit de la pointe de sa sagaie. Une fois tombé à terre, il le ramassa et le porta au milieu d'eux.

— Ce fruit est suffisant pour nous nourrir le reste de la journée. Il est assez gorgé d'eau et apaisera notre soif, compléta-t-il à l'intention des deux humains.

D'une main experte, il éplucha le fruit et trancha des parts. Blade mâcha quelques morceaux et réalisa qu'il n'éprouvait plus aucune soif : ce fruit venait de le réhydrater en quelques bouchées.

Ils repartirent. Blade se dit que le voyage, après tout, n'était pas si dur que Karn l'avait sous-entendu. C'est alors qu'un tentacule verdâtre jaillit du sous-bois, et s'enroula autour de la cheville de Toara !

— Une pieuvre-lierre ! s'écria Karn. Vite, il ne faut pas qu'elle l'attire jusqu'à son bec !

Un autre tentacule se détendit dans leur direction, leur coupant le passage. Blade sortit son pistolet protonique, mais les trois garçons étaient déjà à l'ouvrage : se servant de la pointe de leurs sagaies comme de lames de couteaux, ils tailladaient le tentacule de cinquante centimètres d'épaisseur. Une sève trouble se mit à couler de plaies du monstre végétal, et le tentacule perdit de sa force. Fouettant l'air, il se rétracta : cela marchait ! Mais dans le même temps, Toara était entraînée vers la gueule invisible.

Karn, poussant un hurlement de loup, bondit vers le tentacule. Celui-ci, comme doué d'une vie propre, relâcha sa proie, qui roula sur le sol, et cingla vers Karn, qui sauta en l'air, et retomba à califourchon sur l'excroissance végétale. S'ensuivit un rodéo furieux, au terme duquel Karn passa sa sagaie au travers du tronçon qu'il chevauchait et le cloua au sol. Le tentacule immobilisé poursuivit ses inutiles contorsions.

— Tant pis pour ma sagaie, soupira Karn, encore sous le coup de l'émotion. Toara ! Tu n'as rien ?

Tandis que la jeune fille le rassurait, Blade jeta un coup d'œil à la créature tapie dans les fourrés. De nouveaux fouets se dressaient, prêts à livrer bataille. Blade décida de faire d'une pierre deux coups : réglant le pistolet protonique au minimum, il s'approcha du tentacule maîtrisé par Karn, visa soigneusement, et appuya sur la détente. Le rayon bleuté sectionna le « bras » à la base.

Dans les fourrés, la pieuvre-lierre brusquement amputée émit un cri de douleur et de rage impuissante et tous ses tentacules disparurent au même instant. La partie tranchée, cependant, se mit à ramper comme un ver après que Blade l'eut débarrassée de la sagaie plantée dans le sol.

Il n'y avait après tout pas de quoi s'étonner : les étoiles de mer ne se comportent-elles pas ainsi, lorsque d'aventure elles se font arracher un bras ? Il ne faut pas longtemps au bras pour repousser, et au segment arraché, pour faire renaître un corps !

Blade regarda l'étrange serpent végétal s'éloigner et disparaître, puis restitua sa sagaie à Karn.

— Cette sagaie n'était pas à sa place, dans le corps de la pieuvre-lierre !

— Je te remercie pour Toara, fit Karn en reprenant l'arme de jet.

— C'est toi qui t'es porté à son secours, pas moi, dit Blade, modeste. Je me suis contenté de récupérer ton arme.

Karn remercia à tour de rôle Rhug, Keebal et Mee-la. Ils s'étaient comportés en conformité avec le serment qu'ils avaient prêté.

— Ce voyage n'est pas de tout repos, finalement ! souffla Toara, échevelée.

— C'est le moins que l'on puisse dire ! renchérit Blade en remettant son pistolet protonique à son ceinturon. J'espère que la Ronce ne nous réservera pas d'autres surprises de ce genre...

— Il ne faut pas trop y compter, dit Karn. C'est l'époque des grandes transhumances de reproduction, pour les zorns. Ceux-ci sont ordinairement solitaires, mais, à chaque révolution de Fhlol, ils se regroupent en hordes dévastatrices, extrêmement dangereuses, que même Arach'mre craint d'affronter. Des multitudes de zorns se rejoignent ainsi, à date fixe, pour s'accoupler.

— C'est une mauvaise période pour les voyages

initiatiques, fit remarquer Toara. Pourquoi Lu'ridd en organise-t-il, dans des conditions si défavorables ?

— Lu'ridd est Lu'ridd ! expliqua tout simplement Karn. C'est lui qui décide quand ont lieu les départs vers la Souche-mère. Ce qu'il fait n'appelle pas de commentaires. Il dit — c'est tout.

Un envol d'oiseaux multicolores les drapa de froufrous d'ailes, saluant leur entrée dans la Haute Ronce.

Les arbres s'éclaircissaient en gagnant de la hauteur. D'épaisses lianes opaques formaient le gréement de ces immenses mâts dépourvus de voiles.

— Ce qui a l'air de lianes n'en est en réalité pas, expliqua doctement Karn. Ce sont des canaux à sève, qui maintiennent les arbres reliés entre eux. Parfois, ces canaux sont souterrains, parfois ils courent sur le sol, comme vous avez pu déjà en voir, mais le plus souvent ils prennent cette forme. C'est par ce moyen que la Ronce maintient son unité, et que l'harmonie règne entre ses éléments.

Blade repensa aux expériences menées par les premiers colons thogariens : une bouture naissante cherchait par tous les moyens à entrer en contact avec le reste de la Ronce. Si elle n'y réussissait pas, elle ne tardait pas à dépérir et à mourir, privée d'on ne savait quel lien. Ce n'était pas seulement de l'harmonie, c'était une question de vie ou de mort pour la jeune plante.

Toara restait le plus près possible de Karn et profitait, en quelque sorte, de l'immunité naturelle dont il jouissait auprès de la Ronce. Blade, en revanche, était constamment en éveil, et observait des racines hérissées d'épines se tendre dans sa direction.

Ils croisèrent plusieurs da'aghs, trompe au vent, qui les regardèrent passer, de loin, d'un air craintif.

— Ils n'ont pas peur de nous, fit Karn, car ils savent que nous ne leur ferons pas de mal. Mais ils sentent la présence de prédateurs, non loin d'ici. Il vaut mieux se tenir prêts au combat, au cas où...

Une herbe ondulante poussait autour du sentier dégagé par la Ronce. Des fleurs noires, placées au sommet de hautes tiges blanches, ouvraient et refermaient alternativement leurs pétales, dans une parodie de respiration animale.

— On dirait qu'elles nous font de l'œil ! remarqua Toara.

Ils éclatèrent de rire, ce qui fit détaler les da'aghs peureux.

Karn les guida autour d'un immense tertre qui se dressait au loin, se haussant au-dessus des cimes des arbres, à plusieurs dizaines de mètres de hauteur.

— Cette colline a un curieux aspect, observa Blade en plissant les yeux pour mieux voir. On dirait l'empilement de millions de petites particules cimentées entre elles.

— Vous n'allez pas tarder à comprendre, fit Karn. Nous allons bientôt rencontrer ses habitants.

— La colline est habitée ? fit Toara.

— Les shoshoks ! s'écria craintivement Mee-la.

Une vague rumeur emplit progressivement l'air. Le chemin fit un coude, puis s'arrêta net à quelques pas : un courant grouillant d'insectes géants le coupait. Blade et Toara eurent un moment de flottement.

— Ce sont des shoshoks, leur apprit Karn, les éboueurs de la forêt. Quant à la colline, c'est leur termitière. Nous vivons en paix avec eux depuis des générations, même si la Ronce ne les apprécie pas vraiment, car ils ne pensent qu'à étendre leur territoire à son détriment parfois. Mais elle les tolère, car ils font d'excellents jardiniers.

Un shoshok s'échappa du courant et trottina dans leur direction. Instinctivement, Blade dégaina son pistolet à protons, mais Karn se hâta de le dissuader d'un geste. L'insecte démesuré vint les « ausculter » à l'aide de ses délicates antennes articulées.

Son corps, de la longueur d'un avant-bras, était constitué de trois segments presque sphériques, corsetés dans une fine carapace de chitine rouge, bosselée. Sa tête triangulaire oscillait constamment de droite et de gauche ; deux gros yeux à facettes les toisaient, inexpressifs.

— Moi qui déteste les fourmis, je suis servie ! frissonna Toara. J'espère que nous allons rapidement sortir de leur territoire !

Karn s'accroupit et ramassa une brindille morte. Il l'approcha de la tête en mouvement, et titilla les antennes, comme pour lui communiquer un message en morse !

— Ce shoshok est un messager, commenta-t-il. D'ailleurs, vous remarquerez qu'il ne possède pas de mandibules, comme les guerriers ou les coupeurs de feuilles. Sa fonction est de transmettre des messages d'un bout à l'autre de la termitière.

— Une fonction... nerveuse, en somme ! remarqua Blade. Que lui as-tu dit ?

— Je lui ai demandé la permission de traverser le « fleuve » de shoshoks.

L'insecte pivota sur lui-même, et fila à toute vitesse vers le flux mouvant de têtes. Certaines tenaient des feuilles jaunies ou des branches, d'autres de gros œufs translucides (à moins que ce ne fussent d'étranges fruits répugnants), des sarments, des cadavres d'animaux débités en morceaux. Blade reconnut une mâchoire de nmo'niah.

— Il n'y a plus qu'à attendre, fit Karn. Cela devrait aller vite, l'organisation sociale des shoshoks est efficace.

— Que se serait-il passé, si j'avais tué ce messager ? interrogea Blade, dévoré de curiosité.

— Ç'aurait été regrettable, mais j'ignore quel en aurait été le résultat concret, car pour les shoshoks, les individus n'existent pas. La mort de ce messager aurait très bien pu n'être jamais remarquée, si nous avions emporté le corps pour le dissimuler, mais d'un autre côté, notre agression aurait pu être vue par un autre messager, qui aurait immédiatement fait son rapport. Je pense que cela aurait semé une certaine confusion parmi les shoshoks : les Moïliks vivent en bonne intelligence avec eux depuis toujours. Je pense qu'ils auraient envoyé une délégation auprès de nous, en nous sommant de nous expliquer.

Les trois adolescents considéraient avec de grands yeux le flot ininterrompu de fourmis de la taille d'un chien, coupant en deux la forêt de Ronce, formant un fleuve à multiples courants ascendants et descendants, comme une centaine d'autoroutes accolées...

— De toute façon, poursuivit Karn, nous ne pourrons pas traverser le « fleuve » sans l'agrément des shoshoks. Nous n'aurions pas fait trois pas dans ce défilé, qu'une cinquantaine de guerriers nous auraient repérés, et impitoyablement éliminés, comme n'importe quel obstacle naturel.

Blade l'imaginait sans peine, et son pistolet protonique, quelle que soit son efficacité, n'aurait pu empêcher les insectes de les submerger sous leur masse.

Ils patientèrent une dizaine de minutes, puis le messager (ou un autre, il était impossible de les distinguer entre eux) aborda sur la « rive », accompagné d'un shoshok à l'anatomie bien différente : presque deux fois plus gros que ses congénères, les antennes fuselées sur sa tête camuse étaient plus longues, et prolongées de barbes fines comme des filaments.

Karn recommença les attouchements codés avec les antennes du nouvel arrivant. Celui-ci crépita une réponse qui sonna comme le cliquetis d'une machine à écrire.

— Nous allons pouvoir passer, dit Karn en se redressant. Ce *supérieur* va nous guider. Obéissez sans discuter aux instructions que je vous traduirai, mais gardez-vous toutefois de faire des mouvements brusques : les shoshoks sont myopes, et leur cerveau est extrêmement rudimentaire ; un guerrier surpris pourrait tout à fait trancher un jarret passant à portée, ne sachant à qui il a affaire...

— Entendu, firent Blade et Toara.

— Entendu ! répétèrent Keebal, Mee-la et Rhug.

Le messager anonyme recueillit les ordres du supérieur, puis se posta sur la rive et allongea ses antennes de communication. En quelques secondes, une cinquantaine de fourmis guerrières sortirent du flot, et allèrent former un carré parfait. Les guerrières différaient considérablement des autres shoshoks : elles avaient un corps plat et des pattes à grosses articulations ; leur tête occupait la moitié de leur masse, et se composait essentiellement d'un jeu de tenailles de chitine à barbelures acérées.

— Voici notre escorte, annonça Karn. Suivez-moi.

Suivant les ordres de la fourmi supérieure, le bataillon de guerriers se déploya sur trois rangs autour des six jeunes gens. Puis ils se mirent en branle, et pénétrèrent dans le fleuve. Effarés, Blade et Toara assistèrent à la lutte farouche que livrèrent leurs gardes du corps contre les autres fourmis.

Des pattes et des têtes étaient sectionnées sans pitié, tandis qu'ils progressaient au sein de cette mer en furie. Le crissement des carapaces, le tambourinement des milliers de pattes contre le sol formaient un bruit de fond assourdissant. Leur escorte de fourmis guerrières marchait en crabe, afin de se trouver constamment face au flot qui progressait aveuglément.

Ils durent enjamber prudemment plusieurs têtes coupées qui essayaient de mordre à l'aveuglette ! Soudain, Rhug poussa un glapissement de panique. Il clopinait, et indiquait de la pointe tremblante de sa sagaie sa botte gauche : il traînait une tête d'ouvrière, les mandibules plantées dans son talon.

Karn le calma, se baissa et titilla les antennes de la bête avec le manche de sa propre lance. La tête consentit à lâcher prise, roula en arrière et fut avalée par le fleuve.

— Karn sait même parler avec les morts ! hurla Blade à l'oreille de Toara.

Celle-ci sourit largement.

Les cinquante mètres à parcourir leur parurent des lieues. Arrivés sur l'autre rive, les six « passagers » s'affaissèrent sur le sol. La tension les avait épuisés. Blade se rendit compte que les trois rangs de leur escorte s'étaient éclaircis au cours de la traversée : sur les cinquante gardes du corps, il n'en restait plus que le tiers, déployés sur un seul rang !

La fourmi messagère était morte durant la traversée. La fourmi supérieure alla en quérir une autre dans le fleuve.

— Que lui dit-elle ? s'informa Blade auprès de Karn.

— Elle lui donne l'ordre d'aller dans la termitière, pour informer la reine que l'opération a été menée à bien.

— Que se passerait-il, si nous avions été broyés par ces insectes ?

Karn haussa les épaules.

— Les shoshoks auraient dépêché une expédition jusqu'à notre village, afin d'offrir à Lu'ridd réparation, sous forme de provisions. Il ne faut pas oublier que les shoshoks ont une conception particulière de l'existence individuelle, laquelle se ramène à peu de choses près à zéro ! La preuve est le dévouement avec lequel les guerrières se sont acquittées de leur rôle, au prix, pour beaucoup d'entre elles, de leur vie...

— Cela nous aurait fait une belle jambe qu'ils remboursent le village ! protesta Toara.

— Tu as déjà de belles jambes, alors ne te plains pas ! répliqua finement Blade.

— Nous avons manqué périr, et toi, tu ne penses qu'à plaisanter ! dit-elle, agacée — mais tout de même flattée par la remarque du businessman.

Karn alla remercier la fourmi supérieure, qui réintégra le flot de ses congénères. Celles-ci avaient déjà débité et emporté les cadavres des vaincues de cet étrange combat.

*
**

Le bruissement des shoshoks fut long à disparaître. Karn décida d'une pause dans une clairière, où la Ronce ne se manifestait que par la présence d'une herbe tendre, dépourvue d'épines, où émergeaient par endroits des monticules de terre. Il était presque midi.

— J'ai repéré des arbres à fruits d'eau, lança Keebal. Je vais en ramener quelques-uns pour apaiser notre soif.

— Je t'accompagne ! fit Rhug avec enthousiasme.

Les deux adolescents partirent en direction d'un bosquet d'arbres minces, évoquant des saules pleureurs à longues feuilles.

— Quand je pense qu'il faudra refaire le trajet en sens inverse ! se plaignit Toara, allongée de tout son long dans l'herbe tendre.

— Ce n'est pas certain, dit Karn : leur courant change constamment de direction. Et il ne faudra que quelques heures à la Ronce pour recouvrir les traces du passage du fleuve vivant que nous venons de traverser.

À ce moment, un hurlement retentit.

En une seconde, Blade fut debout, pistolet à protons au poing. Le hurlement avait été poussé par l'un des Moïlik'ranks. Il dépassa Karn, qui, un peu handicapé par sa récente blessure à la cuisse, ne pouvait courir aussi vite que lui.

Ils arrivèrent pour voir Rhug, écartelé par ce que Blade ne parvint pas à identifier immédiatement : cela ressemblait à un arbre en mouvement, un agglomérat abominable de sarments noueux.

La plante animée se détacha des arbres, et Blade l'identifia : une énorme mante religieuse de quatre mètres de haut, au crâne coiffé d'un casque hérissé de piquants, semblable à une bogue de marron. Elle tenait Rhug entre des pattes antérieures d'apparence frêle. Avec une lenteur qui semblait délibérée, elle éleva Rhug à la hauteur de sa tête et, d'un claquement de mandibules horrible, le décapita !

Le cri cessa tout aussitôt. Dédaignant le crâne, la mante déroula une mince trompe, qu'elle plongea dans l'artère pulsante de sang violet du jeune Moïlik.

Avec un cri de rage, Karn lança sa sagaie de toutes ses forces. Celle-ci se planta en vibrant dans l'abdomen protubérant et poilu de l'insectoïde. Celui-ci se désintéressa de son festin, et émit un sifflement à faire dresser les cheveux sur la tête. Il lâcha le corps disloqué, et s'avança avec une dangereuse élégance de danseur sur ses longues pattes grêles. La sagaie, enfoncée jusqu'à la garde, ne semblait pas le handicaper.

Blade ne lui laissa pas l'initiative : il tira immédiatement sur la mante. L'insectoïde ne s'aperçut pas que son corps venait brusquement d'être sectionné de façon aussi nette que l'aurait fait un rasoir : tête, pattes antérieures et thorax d'un côté, abdomen et pattes postérieures de l'autre. Ces dernières continuèrent à marcher jusqu'à ce que Blade les fauche d'une autre décharge protonique.

Le tronçon supérieur s'abattit, et, à peine incommodé, enreprit de ramper à l'aide de ses pattes antérieures dans la direction des voyageurs médusés ! Puis la mante eut un brusque hoquet, et régurgita le sang du Moïlik dans un flot écumant.

Révulsé, Blade tira presque à bout portant, réduisant la tête casquée en une masse charbonneuse qui continua durant d'interminables secondes à branler avant de tomber en cendres !

Keebal fut secoué de sanglots convulsifs.

— Nous ne l'avons pas vu... Immobile, il se confondait si bien dans la masse des arbres, qu'il faisait corps avec eux... Nous sommes passés à quelques centimètres de lui, et alors, il s'est saisi de Rhug...

— C'est fini, le consola Toara, on ne peut plus rien faire pour Rhug. Mais il nous reste encore beaucoup de chemin à faire.

Karn alla récupérer sa sagaie. Très sombre, il ne soufflait mot. Blade sentait confusément que le guide se sentait un peu coupable d'avoir laissé les deux adolescents sans surveillance quelques instants. Par malheur, un des prédateurs les plus terribles de Thogar'min veillait justement dans les parages. Mais Karn n'était nullement responsable de la tragédie qui venait d'avoir lieu.

Manifestant un tact dont il était coutumier, Blade se garda d'importuner le jeune homme.

Après s'être désaltéré, le convoi reprit sa route, amputé d'un membre. Le corps ne fut pas enterré : ainsi le voulait la coutume. Le cadavre devait servir d'engrais à l'endroit même où la vie l'avait quitté.

Nul ne parlait. Keebal traînait en arrière, la mine plus sombre que Karn ; Rhug était sans doute un ami qu'il côtoyait depuis sa prime enfance.

L'aspect de la Ronce se modifiait. Les clairières se multipliaient et s'élargissaient. Des da'aghs broutant en troupeaux compacts s'enfuyaient dès qu'on faisait mine de les approcher. Des marigots emplis d'eau croupie répandaient une odeur de myrrhe.

— La proximité des zorns les rend nerveux, dit Karn, s'obligeant ainsi à sortir de son mutisme.

— Nous n'en avons pas vus jusqu'à présent.

— Cela ne saurait tarder. Les zorns sont énervés. En période d'accouplement, ils sont capables d'attaquer n'importe lequel d'entre nous. Dans un tel moment, on a déjà vu un zorn isolé attaquer un nmo'niah, malgré la différence de poids et de force. Mais la férocité, parfois, parvient à surmonter ces deux handicaps.

Ils marchaient à présent à travers une plaine broussailleuse, qui ressemblait de plus en plus à une savane. Blade s'inquiétait de voir les kilomètres s'additionner aux kilomètres : il ne restait guère plus de trente-six heures pour sauver Baker, et il n'était même pas certain de ramener cette fameuse Sève-de-vie !

Ils croisèrent une tranchée naturelle qui s'étendait à perte de vue, pour rejoindre la forêt. Blade se pencha sur le filet de liquide jaunâtre, légèrement phosphorescent, qui s'écoulait paisiblement au fond du canal.

— Qu'est-ce donc que cela ?

Karn sélectionna soigneusement ses mots.

— C'est... difficile à exprimer... C'est une sève particulière, de laquelle nous tirons le suc de Thogar. Elle ramène des éléments nutritifs à la Souche-mère. C'est également par là que se transmettent les informations de la forêt, sur son état. Dedans coule également de la Sève-de-vie, où s'abreuvent les animaux afin de se protéger du poison de la Ronce. Mais la Sève-de-vie est trop diluée pour nous assurer une immunité immédiate. Il faudrait en boire régulièrement, pendant quelques semaines. C'est pourquoi le voyage jusqu'à la Souche-mère est nécessaire.

— Ces... canaux cumulent ainsi plusieurs fonctions, soliloqua Blade. Une fonction de drainage alimentaire, une fonction de transmission pseudo-nerveuse, et une fonction immunitaire... La Ronce est donc un organisme multiple, extrêmement complexe et vaste... à l'échelle d'une planète !

Karn hocha la tête de manière comique, un peu perdu par la profusion de termes techniques dont usait le businessman féru de sciences.

— C'est bien un organisme planétaire, approuva Toara, songeuse. Quand serons-nous arrivés ?

— Nous y serons ce soir, si tout va bien, dit Karn. Il suffit de remonter ce canal, qui nous conduira jusqu'à la Souche-mère. Mais ce sont les zorns qui m'inquiètent.

— Nou n'avons pas peur des zorns ! proclamèrent fièrement Keebal et Mee-la en brandissant leurs sagaies au-dessus de leur tête.

— Avez-vous déjà tué un zorn ? demanda Blade, poussé par la curiosité.

Les deux adolescents eurent une moue embarrassée, mais ne répondirent pas. Karn éclata de rire :

— Eh bien, vous n'allez pas tarder à faire vos preuves !

Il plissa ses yeux dorés et redevint sérieux, tout à coup.

— ...Et ce, très bientôt : en voilà un qui arrive.

Le zorn trottait, sans destination précise. Il ne mit pas longtemps à les apercevoir. Sa corpulence et ses longues pattes décharnées étaient celles d'un coyote. Mais son corps était squameux et sa peau celle d'un gecko, blanche tachetée de rouge. Une queue de lézard battait ses flancs. Deux yeux fendus de noir détaillaient avec avidité ces proies possibles.

— Serait-il capable de s'attaquer à nous cinq en même temps ?

— Avec un zorn en période de rut, tout est possible.

Soudain, l'animal leva sa gueule reptilienne et poussa une clameur rauque. Blade aperçut, entre les fanons de ses joues, de petites dents triangulaires, comme celles des requins, faites pour déchirer.

— Il va nous attaquer, avertit Karn. Maintenez vos lances de façon horizontale, il faut former un barrage de piques !

Le plan fut sitôt mis à exécution, mais il ne ralentit pas pour autant l'allure de la bête. Blade claqua dans ses doigts.

— Après tout, le zorn n'est qu'un animal comme les autres, il peut être impressionné par un comportement anormal ! Si nous faisons du tapage, peut-être cela le fera-t-il partir...

— Cela vaut le coup d'essayer, fit Karn, pragmatique.

Il releva sa sagaie, et se mit à taper du pied contre le sol. Il fut bientôt imité par Toara, Keebal et Mee-la. Et cela marcha ! Décontenancé, le zorn les regarda comme s'ils avaient subitement perdu la raison. Et, songea Blade en riant, celui qui les aurait vus en cet instant, sautant à pieds joints sur le sol en poussant des hululements stridents, les aurait vraisemblablement pris pour des fous !

Ils ne cessèrent que lorsque le carnassier fut hors de vue, puis reprirent leur chemin le long du canal de sève. Pour la première fois, Blade aperçut le sol rocheux de la planète, un granit grisâtre et rugueux au toucher, d'origine sûrement volcanique. Il s'étonna :

— Je croyais que la Ronce s'étendait jusqu'aux confins de Thogar'min... Or, nous approchons de son centre. Comment se fait-il que la végétation se raréfie à ce point ?

— C'est parce que, justement, nous approchons du centre de la Ronce, que celle-ci concentre ses forces.

— En d'autres termes, traduisit Blade à l'intention de Toara, la Souche-mère absorbe la plus grande partie de l'énergie dont elle dispose dans ce périmètre.

— Nous n'aurons plus à craindre des prédateurs qui se dissimulent dans la Ronce, comme cette affreuse mante religieuse, compléta celle-ci.

— Mais nous ne serons pas à l'abri des zorns, rétorqua Karn.

Blade regarda la ligne d'horizon ; l'étoile du système thogarien entamait sa course descendante, glissant sur des voiles de nuages effilochés. Il devinait la course acharnée contre la mort à laquelle se livrait Baker, inconscient, à l'intérieur de son corps. Lui, Blade, livrait une course contre la montre.

Plusieurs zorns isolés croisèrent leur route. Ils durent répéter le même manège, exécuter la même partition pour voix hurlées et bonds à pieds joints, ce qui leur fit perdre un certain temps. Puis ils rencontrèrent un premier groupe d'animaux. Il était constitué de deux jeunes mâles et d'une femelle adulte au corps entièrement rouge, qui semblait mener cet embryon de meute. Cette fois, ils ne se montrèrent nullement impressionnés par les démonstrations de folie effectués par le petit groupe.

— Cela ne marche pas, commenta Blade. À vrai dire, je me doutais un peu que cela serait inefficace face à plusieurs individus. Il va falloir combattre.

La femelle exhortait ses compagnons à attaquer le groupe d'humains et de Moïliks, avec force jappements et mordillements.

— Ma parole, elle les enguirlande ! s'exclama Blade. Cette femelle mène vraiment son « harem » d'une « patte de fer » !

— Ça n'est pas bon signe, maugréa Karn. À présent, il ne faut plus compter qu'ils nous laissent tranquilles, ils n'auront de cesse de nous attaquer, jusqu'à nous avoir anéantis.

— Dans ce cas, c'est à nous de les tuer, dit Blade.

Les zorns se séparèrent, et commencèrent à tourner autour du groupe. Karn se débarrassa de sa sacoche encombrante, et plaça Toara au centre du groupe, à l'abri d'une attaque directe.

Puis, simultanément, les zorns chargèrent.

Blade tira sur le mâle qui fonçait droit sur lui. Comme prévenu par un sixième sens, l'animal fit un écart, et le rayon passa à un centimètre de sa tête, pour enflammer un bouquet d'herbes à dix pas de là, qui disparut dans une éphémère bouffée de fumée. D'une détente, le zorn bondit vers son visage... Un deuxième éclair emporta sa mâchoire béante, garnie de crocs, et traversa sa nuque. La bête retomba sur le sol, foudroyée.

Blade se retourna pour voir la pointe de la sagaie

de Keebal percer la gorge du second mâle de part en part. L'animal retomba sur le flanc, ses pattes avant fouaillant sa propre gorge, pour en extirper la lance ! Mee-la ne lui en laissa pas l'occasion, il planta sa lame dans le cœur palpitant.

— Au tour de la femelle, dit Blade.

Celle-ci avait attaqué un peu en retrait de ses compagnons. Mais son assaut n'avait été qu'une feinte. Face à la sagaie tendue de Karn, elle avait préféré battre en retraite.

— Quelle courageuse ! lança Keebal avec mépris.

— Disons plutôt réaliste, dit Blade, philosophe. Elle devra se chercher d'autres compagnons de route, et de rut...

À quelque distance, la femelle zorn leur jeta un regard meurtrier, puis lança un jappement bref avant de disparaître.

CHAPITRE VIII

La plaine prenait des teintes bistres comme le jour baissait et allongeait les ombres. Blade soutenait Toara. Après les événements de la journée, la blessure de Karn recommençait à le faire souffrir. Quant aux deux garçons, ils tâchaient de faire bonne figure, mais la fatigue alourdissait leurs jambes.

Une autre troupe de zorns se précisa dans le lointain. C'était une véritable meute d'une quarantaine de spécimens qui soulevait un nuage de poussière dans son sillage. Blade et ses compagnons se tapirent dans le fossé du canal de sève, et patientèrent une dizaine de minutes après le passage des animaux.

Blade se releva en époussetant son justaucorps.

— Par bonheur, ils ne semblent avoir aucun odorat. Sinon, nul doute qu'ils nous auraient détectés, et sortis de notre trou ! J'espère que nous n'aurons pas une meute de cette importance à combattre. Mon pauvre pistolet protonique ne suffirait pas à la tâche...

Ils reprirent leur marche. Un quart d'heure plus tard, un zorn égaré tenta de les charger, mais Blade le tua à distance, d'un jet de particules ionisées qui le coupa en deux.

Un peu plus loin, un second canal à demi rempli, venant de l'ouest, conflua avec le leur. Le paysage se rehaussa de curieux tumulus de terre compacte, évoquant des tuyaux d'orgue d'un mètre cinquante de hauteur, percés à leur extrémité et reliés au canal de sève par un conduit ligneux. Autour de certains d'entre eux gisaient des ossements jaunis.

— Je ne vois plus de zorns, fit remarquer Blade, et la lande est presque totalement pelée, mis à part ces curieux tertres.

— Nous entrons sur le territoire de la Souche-mère. Les animaux le savent, car ils ne s'attardent jamais dans les parages.

— Même les zorns fous ?

— Même eux savent qu'ils vivent dans la Ronce, qu'ils marchent sur son sol et que celle-ci peut les détruire. Ils ne se risquent pas par ici.

— Les détruire ?... Comment cela ?

Karn montra du doigt les tumulus.

— Ces organismes appartiennent à la Ronce, on les appelle les « langues de Ronce ». Il ne faut surtout pas les approcher, il en va de notre vie.

— Qu'est-ce que c'est que ces trucs, encore ? interrogea Toara, inquiète.

— Je ne les ai jamais vus directement, avoua Karn. Lors de mon initiation, on nous avait soigneusement mis en garde contre les langues de Ronce. Celles-ci ne se sont pas manifestées. Il faudra faire montre de plus en plus de prudence à mesure que nous avancerons : pour l'instant, elle sont trop disséminées pour être dangereuses, mais cela ne saurait durer, et leur concentration va s'intensifier.

Blade haussa les épaules.

— S'il suffit de se tenir à distance, alors nous nous tiendrons à distance.

— Bien parlé ! s'exclamèrent en chœur les adolescents. Nous sommes venus à bout des zorns, et nous touchons presque au but !

L'idée d'approcher enfin la Souche-mère et de boire sa Sève-de-vie ravivait leur enthousiasme. Blade lui-même se sentait touché par l'exaltation. Les obstacles avaient été si nombreux depuis leur départ, qu'il n'espérait plus réussir.

Ils repartirent. La nuit tombait rapidement sur la savane. Des tumulus s'élevaient un peu partout ; certains se regroupaient en énormes concrétions de terre craquelée, d'où filtrait une lueur verdâtre, pulsante.

— Ces... choses me font peur, confia la Thogarienne à Karn.

Celui-ci ne sut que lui répondre. Des mouvements internes faisaient vibrer ces édifices surréalistes, mi-vivants, mi-minéraux. Keelab et Mee-la pressaient craintivement leurs sagaies contre leurs flancs. Avec quoi pouvait-on lutter contre ces créatures inconnues, si elles venaient à attaquer ?

La nuit tomba, mais la luminosité émise par les langues de Ronce et la sève du canal suffisait à éclairer leur chemin. D'autres canaux zébraient l'obscurité de traits phosphorescents qui convergeaient vers un point central, brillant comme un phare.

— La Souche-mère..., murmura Mee-la.

Le Moïlik'rank trébucha alors sur un caillou et, avant que Blade eût pu le retenir, alla percuter de plein fouet un tumulus !

Il y eut une seconde d'immobilité totale. Qu'allait-il se passer ? Sonné, Mee-la s'écroula au pied de la langue de Ronce. Tous les yeux étaient fixés sur celle-ci. Un grondement fit vibrer le sol sous leurs pieds.

La luminosité filtrant des craquelures s'accrut subitement. Puis une langue verte, brillant d'un éclat maléfique, pointa du sommet de la cheminée, telle la tête oscillante et mortelle d'un cobra s'élevant au-dessus de son panier.

La langue, malgré l'absence d'yeux et de tout autre organe sensoriel discernable, perçut la présence de Mee-la. Aussitôt, elle s'allongea et se recourba vers sa proie, qui avait rapidement repris conscience et qui voyait, pétrifiée d'horreur, la mort s'avancer vers elle.

Réagissant à son instinct, Blade se porta à son secours. Sans réfléchir, il empoigna à pleines mains l'extension végétale monstrueuse. De la manière la plus inattendue — y compris pour Blade —, la langue s'immobilisa, et eut une brusque secousse, accompagnée d'un éclair bleuté à sa surface, qui projeta Blade sur le sol. Puis elle s'évanouit, réabsorbée par le tumulus aussi soudainement qu'elle en était sortie.

Toara se précipita pour relever le Terrien.

— Que s'est-il passé ?

— Je l'ignore...Si, attends ! Il me semble... Il me semble avoir entendu nettement un crépitement, lorsque ma menotte a effleuré la surface de la langue...Et un éclair l'a parcourue, la secouant comme une décharge d'un millier de volts... C'est comme si une réaction d'incompatibilité avait eu lieu entre le métalédium qui plaque le métal du bracelet, et le tissu ligneux de la Ronce. En tout cas, cela nous a sûrement sauvé la vie, à Mee-la et à moi...

Il s'ébroua, encore sonné par la violence de la secousse qu'il venait de subir, il y avait une minute à peine. Meel-la, quant à lui, se redressa avec l'aide de Keelab.

— Mais c'est merveilleux ! s'exclama Toara. Tu viens de trouver une nouvelle parade contre la Ronce, qui ne soit mortelle ni pour nous, ni pour elle...Une ceinture de métalédium autour de la ville de Thogar nous assurera une protection totale contre la Ronce, sans que nous soyons obligés d'utiliser les lance-flammes !

Blade avait recouvré tous ses esprits.

— De cette manière, vous ne dépendrez plus de la Pharmamondiale pour votre sécurité : celle-ci sera assurée une fois pour toutes... Et vous pourrez, de cette manière, négocier le sérum de Thogar à qui bon vous semblera...

— À vous et votre associé, par exemple ? fit Toara avec ironie.

Blade éclata de rire.

— À la B and B Co, pourquoi pas ? Nous exportons et importons toutes sortes de produits... Mais il sera temps de parler affaires avec ton père, une fois revenus à Thogar. Pour l'instant, il importe d'arriver jusqu'à la Souche-mère.

La multiplicité des langues de Ronce et des canaux convergents transformait le paysage en une fantasmagorie de lumières digne des avenues les plus « chaudes » de Marsala ou de Las Vegas, sur Terre !

— Quand je pense que je regrettais d'avoir mis le pied dans un « trou perdu »..., marmonna Blade.

Karn désigna du doigt le « phare » qui grossissait devant eux.

— Nous y serons dans quelques minutes. C'est là que nous bivouaquerons, en attendant l'aube, pour repartir.

Ils louvoyaient entre les tumuli toujours plus nombreux. Puis, brusquement, ceux-ci disparurent, et ils se retrouvèrent en terrain découvert.

*
**

La Souche-mère se tenait au centre d'une immense clairière de pierre.

Elle illuminait littéralement la nuit de la phosphorescence dorée qui irradiait de son tronc énorme et noueux, plus large que dix baobabs.

Les canaux se perdaient dans l'entrelacs démentiel de ses racines, d'une épaisseur prodigieuse, lisses et roses comme de la chair. Blade s'approcha d'une racine qui plongeait et se ramifiait dans le canal de sève. Il leva la tête, et estima la hauteur de l'arbre à trois cents mètres, avec une marge d'incertitude de cinquante mètres. La bioluminescence s'affaiblissait rapidement avec l'altitude, de sorte qu'il était difficile d'évaluer sa taille avec précision.

Le tronc était dépourvu de feuillage et même de branches, ce qui lui avait valu sa dénomination, approximative et inexacte, de Souche. Les canaux à sève devaient l'approvisionner en nourriture dissoute, directement assimilable par son réseau de racines.

— C'est fabuleux..., murmura Toara. C'était donc vrai : la Ronce n'est qu'un seul et unique organisme...

— Un organisme multiple, corrigea Blade. Chaque élément, même s'il est relié aux autres, possède un certain degré d'autonomie, puisqu'il se nourrit par lui-même, et développe des systèmes de défenses spécifiques à sa propre survie.

— Mais les *langues de Ronce ?* demanda la jeune fille.

— Je pense qu'elles sont plus une extension propre de la Souche-mère, que des organismes indépendants. D'ailleurs, elles sont reliées aux canaux en liaison directe avec la Souche. Cette dernière, étant dépourvue de systèmes de défense, a dû en créer de cette étrange façon.

Karn choisit une large cuvette de trois mètres de rayon, formée par la jonction de deux racines principales à quelques mètres du sol, comme campement pour le reste de la nuit.

— Comment et où se procure-t-on la Sève-de-vie ? demanda Blade, impatient.

Le regard de Karn se porta au-dessus de lui.

— La Sève-de-vie se trouve plus haut. Pour en obtenir, il faut suivre les conduits de sève ascendante, qui grimpent le long de la Souche, vers ses hauteurs. La Sève-de-vie n'immunise pas seulement contre le poison de la Ronce ; c'est également un puissant aliment pour certaines parties de la Souche-mère. Celle-ci la fabrique à partir du liquide que tu as pu voir dans les canaux de ravitaillement qui arrivent de la forêt, des fruits qui poussent par grappes sur certaines racines aériennes.

Blade, malgré l'intérêt scientifique qu'il portait à la Ronce, avait hâte d'en finir.

— Conduis-nous maintenant.

Toara se laissa tomber au fond de la cuvette qui

tenait lieu de campement, en soufflant bruyamment.

— Je suis éreintée, moi ! Si l'on attendait demain ? De toute façon, on ne peut pas repartir cette nuit, car une fois sortis du territoire de la Souche, nous nous retrouverons dans l'obscurité, à la merci des zorns !

L'homme d'affaires se tourna vers Karn.

— Peux-tu m'y conduire seul ? Je ne souhaite pas perdre de temps, demain matin, à faire provision de Sève-de-vie. Mon temps est précieux ; il ne reste qu'une journée et demie à mon camarade avant que le poison fasse son effet.

— Nous aussi, on veut venir ! s'exclamèrent Mee-la et Keebal.

Karn hocha la tête et les guida à travers un entrelacs de racines torturées, laissant Toara derrière eux : elle ne risquait rien, la Souche écartait tout prédateur indésirable.

Mais bientôt la randonnée se transforma en ascension, et Blade, à l'instar de ses compagnons, dut utiliser autant ses mains que ses pieds.

Au bout d'un quart d'heure de ce régime, ils parvinrent à une trentaine de mètres du sol, où une sorte de passerelle naturelle, en surplomb, faisait le tour du tronc monumental.

— Que fait-on, maintenant ?

Karn ausculta la paroi.

— Les fruits où s'opère la transformation de sève en Sève-de-vie se trouvent un peu plus loin, annonça-t-il.

Ils marchèrent à la queue leu leu une centaine de mètres, puis tombèrent sur la première grappe. Blade s'approcha des fruits. Ils ressemblaient étonnamment à des fraises par la peau, tout en étant parfaitement sphériques ; leur poids devait dépasser cinquante kilos.

Karn sortit une pipette de sa sacoche, ainsi que plusieurs récipients en forme de maracas. Il se plaça sous le plus gros fruit, et enfonça délicatement l'instrument dans la chair de celui-ci. Tout en procédant, il commentait la manœuvre :

— Il faut enfoncer l'embout jusqu'au centre du fruit... comme ceci... Puis aspirer l'air contenu dans la pipette, afin de faire monter le jus...

Blade assistait à l'opération de « siphonage » du fruit avec intérêt. Karn retira ses lèvres de l'embout, qui se perla d'une goutte de liquide jaune vif, puis y appliqua l'extrémité du premier récipient. Il patienta quelques instants, et retira l'outil effilé.

— Celui-ci est plein.

Il sortit un pain de cire, avec lequel il boucha hermétiquement le pot, avant de le replacer au fond de sa sacoche.

Le Terrien et les deux Moïlik'ranks le virent répéter l'opération quatre fois, sur quatre fruits différents. Puis ils redescendirent jusqu'à la cuvette.

Toara les attendait, ligotée... au pied de quelqu'un qu'ils reconnurent immédiatement.

— Lu'ridd !

— Ne vous approchez pas ! grinça le sorcier. J'avais des instructions pour vous suivre jusqu'au lieu sacré et interdire ce sacrilège. Vous m'avez aidé en abandonnant la femelle Immobile ici. À présent, vous êtes à ma merci !

Le businessman s'avança.

— Des instructions ? De qui émanent-elles ?

— Vous n'avez pas à le savoir !

— Ne viendraient-elles pas de la Pharmamondiale, par hasard ?

Le silence stupéfait de Lu'ridd était suffisamment éloquent pour se passer de commentaire. Blade décida de pousser plus loin son avantage.

— Qu'exigez-vous ? Nous ne possédons rien !

— Ce que je veux... Eh bien, tout d'abord, je veux que Karn me remette trois des fioles qu'il a remplies à la source de vie de la Souche-mère, celles qui sont destinées aux Immobiles. Puis nous nous remettrons en route.

Il sortit un pistolaser de sous son pagne et le braqua sur Toara.

— Ensuite, que le nommé Blade jette son arme à terre sur-le-champ. Et ne tentez rien contre moi, ou bien...il en cuira à la femme.

Blade sentit Karn tressaillir de rage à ses côtés. Il sortit le pistolet en le tenant par le canon et le jeta au loin.

— Bien... Maintenant, que les deux jouvenceaux s'avancent, sans gestes brusques !

Déboussolés, les deux Moïlik'ranks descendirent dans la cuvette. Le Terrien se pencha à l'oreille de Karn, et lui glissa :

— Ne tente rien qui puisse mettre Toara en danger. Ce porc a un pistolaser, et je parie ma ration de Sève-de-vie qu'il n'hésitera pas à s'en servir. Nous aurons sûrement une occasion de le désarmer pendant le retour.

Lu'ridd braqua son arme sur l'homme d'affaires, qui se raidit.

— Pas de messe basse, sinon, c'est sur vous que je tire !

— Est-ce que cela fait partie des instructions laissées par la Pharmamondiale ? fit Blade, ironique.

Lu'ridd se laissa aller à un ricannement.

— Bien deviné, mon jeune ami. Ce pistolaser constitue un de leurs cadeaux. Je n'ai aucune peine à en profiter, puisque c'est moi qui me sers le premier, lors des rituels d'offrandes ! Un radio-émetteur récepteur me permet de rester en contact avec la firme dans la cité des Immobiles. C'est comme cela que j'ai été mis au courant de vos agissements sur Thogar'min et du malencontreux incident qui a touché votre ami... malencontreux pour vous, naturellement !

Il éclata de rire.

— Pourquoi faites-vous cela ? questionna le businessman en descendant lentement vers la cuvette. Vous êtes un Moïlik. Vous auriez tout intérêt à faire cesser l'inimitié entre vos deux communautés.

Il jeta un coup d'œil à Toara.

— Les Immobiles ne demanderaient pas mieux que de changer pour un mode de vie autre que la guerre qu'ils mènent contre la Ronce, et de collaborer à de nouveaux échanges, qui se révéleraient sûrement plus fructueux pour chacun.

— C'est justement pour cela que nous ne pouvions vous laisser aboutir vos projets ! Voyez-vous, la Pharmamondiale et moi avons un objectif commun : le contrôle de la communauté à laquelle nous appartenons, chacun de notre côté. Le maintien de la tradition de nos pères est à ce prix.

— En coupant les Moïliks de l'extérieur, vous maintenez un statu quo basé sur un malentendu, et par là conservez le pouvoir absolu que vous avez sur eux, dit Blade à mi-voix.

Lu'ridd acquiesça en souriant.

— Vous résumez parfaitement ma pensée. Maintenant, apportez les fioles, vite ! Et n'oubliez pas, une simple pression sur la détente de mon pistolaser, et votre jeune amie servira d'engrais à la Ronce !

L'œil farouche, Karn avança. Pendant ce temps, Blade réfléchissait à toute vitesse. Il devinait les projets du sorcier sans scrupules : les attirer hors du territoire de la Ronce, là où il serait en sécurité, puis abattre froidement Karn, les Moïlik'ranks et lui-même. Puis, selon toute probabilité, il abuserait de la pauvre Toara avant de l'exécuter à son tour. Tous en savaient trop à présent sur son double jeu pour qu'il les laisse vivre !

Karn sortit de sa sacoche les fioles, puis en tendit trois à Lu'ridd. Ce dernier les prit, et força Karn à reculer. Puis, avec un ricannement, il les fracassa contre le sol. Les deux Moïlik'ranks eurent un hoquet d'indignation en voyant la Sève sacrée s'écouler entre les fissures du sol.

— Sacrilège ! grondèrent-ils. Fhlol en est témoin, tu trahis la Ronce !

Lu'ridd pointa le pistolaser sur eux.

— N'ayez pas de gestes que vous pourriez regretter, sinon...

Blade saisit cet instant d'inattention pour intervenir. À présent que Toara n'était plus en danger, il pouvait agir. Il effectua un roulé-boulé qui l'amena à deux mètres du sorcier. Mais la diversion involontaire des adolescents avait fait long feu, et il se trouvait dans la ligne de mire du sorcier !

Ce dernier, avec une grimace de rage, appuya sur la gâchette. Mais il n'avait pas l'habitude de l'arme, et perdit un temps précieux à tenter de viser Blade. Ce dernier, d'une détente, évita de peu le tir et, dans un impeccable saut chassé que le plus doué des catcheurs n'eût pas renié, projeta ses pieds vers la poitrine du sorcier.

Déséquilibré, Lu'ridd lâcha l'arme mortelle et s'affala au pied d'un des tertres qui bordaient le territoire de la Ronce-mère.

Durant une seconde qui parut une éternité, il ne se passa rien. Puis une langue de Ronce jaillit de la petite cheminée et perçut la présence de Lu'ridd. L'homme, assommé, ne réagit pas lorsque la langue s'incurva pour le saisir. Horrifiés, les spectateurs assistèrent à la mort du sorcier renégat.

La pâte verte fluorescente qui constituait l'étrange organisme s'évasa pour former une coupole qui commença à envelopper sa proie. En quelques secondes, le corps fut « avalé » par l'étrange matière, qui se referma sur lui comme un sac, et se resserra autour de la carcasse, jusqu'à la serrer étroitement. *Et elle continua à compresser sa victime...*

Blade et ses compagnons entendirent nettement le craquement des os du cadavre tressautant à l'intérieur du sac. Enfin, la langue se rétracta à l'intérieur de sa matrice, se contorsionnant pour faire entrer le cadavre réduit en pulpe dans le tumulus.

— Il est retourné à la Ronce, et même à la Ronce-mère. C'est beaucoup d'honneur pour un renégat ! murmura Karn. Dans quelques jours, la langue rejettera ses os.

— Je t'en prie, le supplia Toara, épargne-nous les détails horribles ! Je ne regrette assurément pas ce salaud qui nous aurait assassiné si Ronny ne l'avait pas neutralisé — mais sa punition a été assez atroce pour ne pas en rajouter !

Puis elle se pendit au cou du Moïlik et l'embrassa avec vigueur. Les deux adolescents, gênés, détournèrent la tête vers le Terrien, fort occupé à achever de retirer la menotte qui avait été fort à propos entamée par la décharge de pistolaser.

La menotte cassa dans un tintement cristallin, puis Blade tapota sur l'épaule du guide.

— Je ne voudrais pas écourter ces poignantes retrouvailles, mais, même si je lui dois d'être délivré d'un encombrant bracelet, Lu'ridd a brisé les récipients qui contenaient l'antidote, pour nous et Baker.

Karn s'arracha avec difficulté à l'étreinte de Toara. Sa blessure le faisait maintenant claudiquer légèrement.

— Blade a raison, il faut retourner à la Souche-mère sans plus tarder. Attendez-nous ici, nous n'en avons pas pour longtemps.

— Je peux y aller seul, affirma l'homme d'affaires. Je t'ai vu procéder, je saurai me débrouiller.

Le guide acquiesça, épuisé. Puis il passa la sacoche à Blade qui la mit en bandoulière. Keelab lui tendit le pistolaser de Lu'ridd qu'il avait ramassé.

— Tiens... il te revient de droit.

Le Terrien le prit et partit sans plus attendre. Il grimpa avec agilité le long de la Souche. Quelques minutes après, il remplissait le premier récipient de Sève-de-vie.

Alors qu'il allait passer au second, il aperçut un animal bizarre qui, à en juger par une particularité de son anatomie, était là pour la même raison que lui. Il ressemblait à un marsupial de la taille d'un chat. Ses yeux comme des soucoupes clignotaient, affolés, dans sa direction. Ses pattes spatulées se prolongeaient de trois doigts préhensiles capables d'agripper efficacement les branches. Et, pour finir, il était pourvu d'une trompe rigide, de la même longueur que la canule de Karn.

— Ne t'inquiète pas, lui dit doucement Blade, je ne vais pas te voler ton dîner, et mon pistolaser restera bien sagement où il est ! Je suis certain qu'il y en a pour tout le monde.

Méfiant tout de même, l'animal approcha à moins de deux mètres du Terrien, qui s'arrêta. La bête, tout en le surveillant, plongea sa trompe dans un fruit gorgé de Sève-de-vie. Son ventre s'activa, pompant goulument la sève. Quand il eut terminé, il joua un bref air de flûte de contentement et disparut d'un bond.

Blade poursuivit sa besogne sans être perturbé à nouveau. Lorsqu'elle fut achevée, il jeta un coup d'œil dans les branches les plus proches, mais rien ne remuait.

— Adieu, compagnon d'une minute ! lança-t-il, toute sa gaieté retrouvée.

Serrant la précieuse sacoche contre lui, il redescendit jusqu'à la cuvette. Lui aussi était exténué, et avait besoin d'une nuit de sommeil. Lorsqu'il arriva, Karn et Toara dormaient déjà, lovés l'un contre l'autre. Keelab et Mee-la veillaient. Blade leur annonça son succès et se coucha. Terrassé par la fatigue, il s'endormit immédiatement.

*
**

Lorsqu'il se réveilla, il trouva en guise de petit déjeuner une énorme baie récoltée par un des Moïlik'ranks. Elle évoquait une myrtille grosse comme un melon. Il croqua dedans à belles dents, s'émerveillant de la saveur incomparable qu'offrait sa chair. Il dévora le fruit sans pépin ni noyau, n'en laissant pas une parcelle.

— Bien dormi ? demanda Toara en bâillant.

— Comme un bébé ! sourit Blade en suçant ses doigts collants de jus sucré.

Il se tourna vers les deux Moïlik'ranks pour les remercier. Le visage grave et tendu, ceux-ci étaient assis en tailleur face à Karn. Le guide avait disposé quatre fioles devant lui. Il prononça d'une voix solennelle :

— Il est temps pour vous de boire de la Sève-de-vie, et de devenir ainsi des Moïliks à part entière. Le voulez-vous ?

— Je veux me fondre dans la Ronce, dit Mee-la d'une voix altérée.

— Je veux me fondre dans la Ronce, reprit Kee-lab.

Karn posa la même question aux deux Immobiles. Ils acceptèrent, en utilisant les mêmes termes que les deux jeunes hommes.

— Prenez, et buvez.

Ils s'exécutèrent aussitôt. La Sève-de-vie avait un goût de papaye acidulée ; c'était un suc épais, un peu âpre au palais, mais nullement désagréable.

— Ce n'est pas mauvais, commenta Toara en léchant le pourtour de ses lèvres. Cela fait tout chaud en descendant dans l'estomac... Ça brûle...

Blade, qui avait bu quelques secondes après la jeune Thogarienne, la regarda avec surprise. Elle avait des difficultés, soudain, à s'exprimer. Quant aux Moïlik'ranks, ils fermaient les yeux et serraient les dents, comme s'ils attendaient de l'expérience quelque chose de désagréable. Karn les regardait, impassible.

La jeune fille avait raison : la boisson irradiait une chaleur de plus en plus intense dans l'estomac. Des fils de feu se foraient des chemins à travers ses entrailles, poussaient des vrilles dans ses muscles et sa chair, remontaient jusqu'à son cerveau. Le businessman prit sa tête entre ses mains, comme s'il pouvait par ce geste ralentir la progression fulgurante du fluide de feu. Ses yeux brouillés de larmes ne voyaient plus rien. Sa dernière pensée cohérente fut pour sa compagne, qui devait souffrir de pareille façon.

Puis la Sève-de-vie atteignit son crâne, et une fièvre intense embrasa son cerveau. Il lui sembla que toute la Ronce tentait de se loger sous sa voûte crânienne. Des tentacules végétaux plus implacables que les langues de Ronce emprisonnaient son esprit dans des liens de souffrance.

L'image de Karn lui parvint, atrocement déformée, étirée en longueur, noyée de rouge, amalgamée avec le cadavre broyé de Lu'ridd. D'autres hallucinations succédèrent à celle-ci, relevant alternativement de la fantasmagorie et de l'horreur.

Au bout d'une éternité, la douleur reflua enfin, le laissant harassé de courbatures. Il lui semblait avoir couru un cent mètres, tant il avait transpiré sous sa résille... mais il n'avait plus besoin de résille, dorénavant.

Il était couché sur le dos ; il se redressa péniblement, et se pencha sur Toara.

— Comment cela s'est-il passé pour toi ? As-tu été également sujette à des hallucinations ?

Elle hocha la tête.

— Il m'a semblé que cela a duré un siècle... mais c'est encore l'aube.

Keelab et Mee-la se palpaient, pour savoir s'ils étaient encore entiers, après l'expérience qu'ils venaient de vivre !

— Vous êtes restés inconscients une dizaine de minutes, les informa le guide.

— Pourquoi ne nous as-tu pas avertis de ce qu'il allait se passer ?

— La tradition le veut ainsi, mais elle est bien-fondée : l'angoisse provoquée par l'attente de la douleur contrarie l'action de la Sève-de-vie lorsqu'elle atteint l'esprit. Il faut être le plus serein possible pour affronter l'épreuve.

Blade éclata de rire.

— J'étais aussi serein que pendant que je buvais le fameux Jraz-Gorl de l'*Aspic* ! Et moi qui croyais qu'il n'existait rien de pire... Rhom voudrait à toute force goûter ce breuvage.

Soutenue par Karn, Toara se releva et épousseta sa tunique.

— Si nous réussissons dans notre entreprise, alors Rhom et tous les Thogariens boiront de ce breuvage — ou, du moins, de l'extrait immunisant de la Ronce.

Les pensées du Terrien revinrent à Baker. Il lui restait à peine vingt-quatre heures avant que le poison de la Ronce ne termine sa sinistre besogne.

Il se leva brusquement, et s'assura que le pistolaser était passé à son ceinturon ; puis il sortit la dernière fiole de la sacoche, et la suspendit à sa taille, comme une gourde. Sur sa requête, ils partirent immédiatement. Keelab et Mee-la se donnaient des bourrades joyeuses dans le dos : ils avaient quitté le statut d'enfant pour entrer dans l'âge adulte.

Ils traversèrent le champ de langues de Ronce, prenant garde de ne pas effleurer les tumulus. Puis ils s'engagèrent dans la savane, longeant un des canaux de sève. Quelques zorns les approchèrent, mais ne les attaquèrent pas.

Ils approchèrent du village en milieu d'après-midi. Les Moïliks vaquaient paisiblement à leurs occupations. Les voyageurs pénétrèrent sur la place centrale ; Karn se posta sur la pierre plate rituelle, et héla les villageois. Étonnés, ceux-ci s'amassèrent autour de lui.

Ce dernier leur expliqua le rôle qu'avait joué Lu'ridd auprès de son peuple et de la Pharmamondiale. L'une des filles dont avait abusé le sorcier lubrique courut dans la case de celui-ci, et rapporta un petit poste émetteur-récepteur à ondes courtes, qu'elle jeta sur le sol, où il se brisa en morceaux. La jeune fille les piétina sauvagement, jusqu'à ce qu'il n'en reste plus que des miettes.

— L'Immobile a tué Lu'ridd qui projetait de tous nous éliminer pour avoir découvert ce qu'il trafiquait dans notre dos. Mais maintenant, nous en sommes débarrassés. Il faudra trouver un autre sorcier, qui veillera sur la pierre des rituels. Une ère nouvelle s'ouvre à nous : celle de la collaboration entre les Immobiles et nous. Ils craignent la Ronce, parce qu'ils n'ont jamais été initiés comme les Moïliks.

Un vieil homme s'avança.

— Mais les Immobiles sont les ennemis de la Ronce ! Ils se comportent en parasites et la détruisent par le feu ! Nous les supportons, nous allons jusqu'à les aider : sans notre suc, ils seraient obligés de partir ! Nous pouvons nous passer de leurs offrandes...

— Si les Immobiles se sont comportés en parasites, c'est qu'ils y étaient contraints. En ce qui concerne les offrandes, Lu'ridd faisait le tri, et détruisait tout ce qui pouvait améliorer notre vie quotidienne. Et surtout, il nous maintenait à l'écart du reste du monde.

Des mouvements houleux traversaient le petit groupe. Leur univers changeait !

— Par Fhlol, il faut que cela cesse ! Il faut réformer notre façon d'appréhender les Immobiles !

Karn rétablit le silence.

— Il y a beaucoup à faire, mais gardons-nous de toute précipitation. Il faut tout d'abord élire un nouveau gardien de la pierre des rituels...

Dans la foule aux côtés de Toara et Keelab, Blade considérait avec inquiétude l'heure qui avançait. Baker était peut-être déjà mort, mais, s'il y avait un espoir, il ne fallait pas le gâcher en s'attardant ici. L'heure n'était pas à des réjouissances anticipées : il devait pénétrer dans Thogar sans se faire repérer — alors que la cité était une vraie forteresse défendue par une batterie de lance-flammes ! —, puis accéder à l'hospitalium sans se faire arrêter par la police, qui lui ferait perdre un temps précieux, peut-être déterminant, pour sauver son ami.

Dans la foule, on discutait âprement de l'incroyable récit, et de la succession de Lu'ridd. Le nom de Karn revenait souvent. Le businessman se pencha vers Keelab.

— Je ne peux pas rester plus longtemps, dit-il sans lui en expliquer la raison. Transmets mon amitié à Karn. J'espère qu'il sera désigné, il l'a bien mérité.

Toara s'accrocha au bras du Terrien.

— Je pars aussi, mon père doit s'inquiéter. Keelab, dis à Karn que je reviendrai aussitôt que possible ! Je parlerai pour les Moïliks auprès du gouverneur, qui est aussi mon père. Il faut que les Thogariens sachent que vous n'avez jamais eu de mauvaises intentions à notre égard, et que les sabotages de nos installations sont le fait d'éléments de la Pharmamondiale.

— Promettez-moi de revenir, dit Keelab, sa voix trahissant une grande émotion.

— Je te le promets, lui assura Toara en serrant sa main avec fougue.

Blade partait déjà ; elle le rattrapa à la sortie du village, et ils s'enfoncèrent dans la jungle. Le businessman n'avait guère envie de réduire son allure, mais il ne pouvait se résoudre à laisser sa compagne en arrière : si la Ronce ne leur était plus hostile, les prédateurs qu'elle abritait, en revanche, pouvaient fort bien leur faire un mauvais sort !

En passant devant une racine, il se piqua accidentellement. L'instinct le fit sursauter, mais la piqûre ne lui laissa qu'une impression cuisante qui, au bout d'une minute, disparut totalement.

— Je viens de passer avec succès mon baptême du feu ! s'exclama-t-il. J'ai été égratigné, et je n'ai presque rien senti !

Peu de temps après, ce fut au tour de la jeune

femme d'être piquée, sur le dos de la main. Elle n'en ressentit pas plus d'effet. Les arbres resserraient autour d'eux des racines aériennes et des branches basses hérissées d'épines. Les deux jeunes gens progressaient plus difficilement, écartant les buissons de broussaille et les arborescences. Blade se rendit soudain compte qu'un chemin se creusait devant eux ! Les plantes grimpantes et les lianes s'écartaient, tels des serpents paresseux, dégageant un passage à travers la jungle.

— On dirait que la Ronce nous a adoptés, réalisa le Terrien. Elle nous reconnaît comme des Moïliks. Chacun de nous a été piqué, sans tomber en catalepsie. La Ronce sait que de la Sève-de-vie est mêlée à notre sang ; elle ne nous agressera plus, désormais.

Ils entraient dans le territoire d'Arach'mre : des lambeaux de vieille toile durcie pendaient, comme du linge sur des cordes, à des lianes reliant les arbres entre eux. Ceux-ci se dispersaient, de même que les buissons se raréfiaient. La citadelle de Thogar n'était plus loin.

— Cette zone n'est plus fréquentée par Arach'mre, fit remarquer le businessman. Mais nous nous enfonçons dans son domaine.

En effet, au fur et à mesure de leur avance, les toiles étaient plus fraîches. Elles s'élevaient jusqu'au ciel, comme pour emprisonner le soleil dans ses rets. Des squelettes d'animaux saisis grelottaient au vent, probablement dévorés, puis abandonnés sur place par Arach'mre. Un long collier de vertèbres ondulait en cliquetant, témoignant qu'un serpent s'était pris dans la toile, pour y mourir. Peu à peu, les fils se perlaient de minuscules gouttes de glu sécrétées par leur tisseuse.

Les deux jeunes gens s'efforçaient de progresser sans toucher une de ces toiles, dont chacune était probablement reliée à un fil-témoin aboutissant à l'antre de l'araignée végétale, avertissant cette dernière dès qu'une proie s'y empêtrait.

Ils croisèrent plusieurs squelettes auxquels adhéraient des lambeaux de chair brunie, puis des bêtes enveloppées dans des cocons de soie palpitants, qui devaient servir de garde-manger à la tisseuse.

— C'est horrible..., murmura Toara. Il n'y a rien à faire pour ces pauvres animaux.

— Arach'mre a dû leur injecter un venin qui les paralyse tout en maintenant leurs processus vitaux au ralenti. Ils vont agoniser jusqu'à ce qu'elle vienne les manger.

Ils parcouraient un territoire de cauchemar, peuplé de bêtes mortes-vivantes : des da'aghs, mais aussi des zorns dépecés, des rongeurs de toutes sortes, d'étranges animaux qui se tortillaient comme des asticots géants. La toile s'étendait comme un linceul au-dessus de leur tête, filtrant les rayons du soleil.

— La toile bouge ! s'exclama soudain Toara en se rapprochant de son compagnon.

— Ce n'est que la brise, il n'y a rien à craindre.

Mais tout en parlant, il s'assura discrètement de la présence du pistolaser : il n'avait aucune confiance en la créature qui hantait les lieux. Karn lui avait révélé qu'il lui arrivait d'oublier le pacte de non-agression mutuelle qui la liait avec les Moïliks. Sans compter que Toara et lui n'avaient ni la peau verte, ni les yeux dorés... Il fallait espérer que la bestiole fût daltonienne !

Il leva les yeux. Et de fait, la toile vibrait de plus en plus violemment, réagissant de façon semblable à la première fois où ils l'avaient vu apparaître. Un animal s'était-il pris dans une de ses toiles ? Il remarqua que la densité des fils augmentait sensiblement, et s'en inquiéta : ils se trouvaient dans un véritable labyrinthe, et tout effleurement pouvait se solder par l'irruption du monstre. Plus il marchait, plus il avait la conviction de s'être engagé dans un cul-de-sac. La Ronce ne lui était d'aucun secours, les toiles brouillaient tout repère. Même la clarté du soleil, dans cette zone, s'affaiblissait considérablement.

— Mon Dieu..., souffla Toara en se mordant le poing. Nous sommes... nous sommes dans son antre !

Blade regarda autour de lui, incrédule. Des dizaines de milliers de fils partaient dans toutes les directions de la forêt, à partir d'une sphère de soie opaque, attachée à un arbre monumental. La sphère percée d'une ouverture ronde ressemblait à un nid, un nid monstrueux.

— Nous sommes au cœur de son domaine, confirma-t-il, mais elle en est absente pour le moment. Et nous devrions nous dépêcher d'en sortir, avant que la propriétaire de ce charmant logis ne s'en aperçoive. Elle pourrait s'offusquer de notre présence !

Ils poursuivirent leur chemin, dans un passage étroit. Mais, soudain, Toara buta contre une motte de terre et, déséquilibrée, rentra tête la première dans un filet collant tendu entre deux branches basses. Elle poussa un cri, bâillonné brusquement par la toile parsemée de gouttelettes de glu. Blade lui porta secours, mais la toile était si résistante et élastique en même temps qu'ils ne purent en venir à bout. Le seul résultat auquel ils aboutirent fut d'améliorer la prise de la toile collante autour de ses membres. En quelques secondes, la jeune femme était réduite à merci, complètement engluée.

Le businessman sortit son arme, et entreprit de découper la toile autour de la jeune fille. La tâche était fastidieuse, tant les fils gluants semblaient la lui compliquer à plaisir. Puis il accueillit le paquet emmailloté entre ses bras : il avait réussi à la désolidariser de la toile, mais les fils n'avaient pas dit leur dernier mot. À petits coups successifs, il libéra les membres de la jeune femme.

— Les animaux qui se prennent dans ce piège n'ont aucune chance d'en réchapper, souffla celle-ci une fois remise debout. Je comprends pourquoi Arach'mre est si grosse : elle ne doit pas être souvent au régime !

— J'espère que nous ne figurerons pas dans son prochain menu. Elle est désormais sûrement au courant de notre présence ici. Il vaut mieux nous tenir sur nos gardes, au cas où...

Un froissement de branches retentit au-dessus de lui, et une ombre les recouvrit brusquement. Blade ne perdit pas de temps à lever la tête : il attrapa la jeune fille par le bras, et se propulsa en avant. Une masse atterrit derrière eux.

Il se retourna, dégaina son pistolaser. Arach'mre se tenait à quelques mètres de lui, dressée sur ses douze pattes grêles. Son abdomen translucide, hérissé de poils drus, se gonflait et s'affaissait, dans une sorte de respiration silencieuse.

Sa tête était constituée d'une couronne d'yeux

insectoïdes, qui n'exprimaient rien, renvoyant l'image démultipliée à l'infini du couple. Des mandibules de chitine dentelée mâchaient sans discontinuer. Elle était surmontée d'une calotte dont le relief dessinait, hasard de la nature, une figure humaine. On pouvait distinguer des traits grossiers de samouraï japonais, crispé dans une grimace de fureur.

Arach'mre se haussa sur ses pattes, et poussa un sifflement aigu, chuintant. Toara agrippa le bras de son compagnon.

— Elle va nous attaquer !

— Ne bouge pas, lui intima-t-il. Elle pourrait considérer des gestes brusques comme des provocations.

Elle s'immobilisa aussitôt. Mais cela n'arrêta pas la créature, qui les considérait maintenant avec curiosité, la tête inclinée sur le côté. Elle semblait analyser les deux intrus, peser s'ils étaient ou non des Moïliks. Ou, s'ils en étaient, si elle devait ou non profiter de l'aubaine. Des Moïliks, elle n'en coinçait pas tous les jours !

Puis elle se décida, et chargea. Blade, sans hésiter, tira sur elle. Le rayon, mince comme un crayon, creva un de ses yeux multiples, puis continua de forer un chemin dans son corps. Tout d'abord, elle parut ne pas s'en apercevoir. Emportée par son élan, elle arriva à moins de deux mètres du couple d'humains. Puis la douleur la perfora de part en part, et elle se tassa sur elle-même, une bave orangée s'écoulant entre ses mandibules.

Blade n'attendit pas davantage : il fit un pas de côté, et tira sur le crâne de la créature, de façon à le séparer du thorax. La tête roula sur le sol, tandis que les pattes, prises de folie, s'agitaient en tous les sens. Enfin, elles se calmèrent, et le corps s'affala dans un dernier soubresaut.

Toara rejoignit son compagnon.

— Les animaux de la Ronce n'auront plus à craindre la voracité de ce monstre, dit-elle.

— C'est une bien triste épitaphe, conclut Blade, et j'espère que nous n'avons pas bouleversé l'équilibre écologique de cette région de la Ronce. Mais tant pis, nous n'avons fait que nous défendre ! Et la fin de l'après-midi arrive. Si ce soir je n'ai pas administré l'antidote à Will, il faudra trouver une autre épitaphe. Mais pour cela, il faut que je rentre dans la cité...

— J'ai une idée ! s'exclama la jeune Thogarienne. Tu es recherché, mais pas moi ! Si je m'annonce à une des portes extérieures, la vigie m'ouvrira sûrement, sans penser à appeler un policier de la Spatiale.

Blade réfléchit. Il ne voulait en aucun cas compromettre la jeune femme dans un plan dangereux. Mais celui-ci paraissait raisonnable. Il acquiesça.

— J'accepte, dit-il. Il faudra me laisser me dissimuler derrière le portail, avant de te signaler. Au pied de la muraille, le garde ne pourra pas me voir. Dès que la porte s'ouvrira, je me faufilerai à l'intérieur.

— Il faudra au moins une minute à la vigie pour descendre de son poste, afin de s'assurer de mon identité, compléta la jeune femme. Tu devrais avoir le temps.

Ils se remirent en route. Une demi-heure plus tard, ils arrivèrent à la lisière de la Ronce. Les hautes murailles se dressaient, écrasantes, sur une aire calcinée. Blade ordonna à la jeune femme d'attendre pour se manifester qu'il ait parcouru la distance qui le séparait de la muraille — environ une centaine de mètres. Il devait être aussi rapide que possible, afin de ne pas attirer l'attention.

Il s'élança, courant aussi vite que le lui permettaient ses jambes. À mi-parcours, un ronflement se fit entendre, émanant de la muraille au-dessus de lui. Il crut d'abord qu'il avait été repéré, et que ce bruit étrange était un signal d'alarme. Mais sa source n'était autre qu'une bouche de lance-flammes ! L'appareil, obéissant à sa programmation, se déclenchait automatiquement !

Il réfléchit en un éclair : inutile d'imaginer de rebrousser chemin, il n'en aurait pas le temps, il ne trouverait abri qu'au pied même de la muraille, un espace qui n'était pas atteint par le feu des armes automatiques. Un arc de flammes s'abattit sur l'espace qu'il avait occupé quelques secondes auparavant, noyant tout sous un déluge de feu liquide.

CHAPITRE IX

Cinq minutes passèrent avant que le feu ne s'apaise, laissant des flaques noires, goudronneuses, parcourues de flammèches bleues, sur le sol crevassé et calciné. Blade, le visage noirci, contenait à grand-peine une quinte de toux.

La jeune fille se mit à courir sur la plaine où rampaient des filets de fumée. Elle se posta devant la porte blindée, et frappa de toutes ses forces. Puis elle recula, et cria :

— Ouvrez-moi ! Je suis Toara Lendor-Kasim, la fille du gouverneur, je vous en prie, dépêchez-vous !

Elle fit un clin d'œil complice au businessman, plaqué contre la paroi. Un remue-ménage se fit entendre au sommet du tour de ronde, ponctué d'éclats de voix.

Un déclic résonna à l'intérieur, puis dans un ronronnement sourd la porte commença à coulisser sur ses gonds, de puissants moteurs hydrauliques étaient nécessaires pour faire bouger cette masse de métal, épaisse de plus d'un mètre.

Dès que l'ouverture fut assez grande, Blade s'y engouffra en courant. Puis il fila à corps perdu vers un véhicule garé à quelques mètres de là, sauta souplement par-dessus le capot, et retomba de l'autre côté. Il jeta un coup d'œil rapide aux alentours : personne, apparemment, ne s'était aperçu de son intrusion. Un homme apparut au pied de la muraille : il portait une résille renforcée. Ce devait être la vigie qui avait ouvert la porte. Il paraissait visiblement dépassé par les événements.

Posté à quelques pas, Blade entendit la conversation animée qui avait lieu entre le jeune homme d'une vingtaine d'années, et Toara.

— Inutile de me raccompagner jusqu'à chez moi, disait-elle, je connais le chemin ! Veuillez simplement l'informer de mon arrivée prochaine, en lui spécifiant que je suis saine et sauve.

— Mais, miss...

— À moins que vous ne veuillez me mettre en état d'arrestation ?

Blade sourit à part lui : cette fille ne manquait pas de ressort ! Le pauvre garde tentait de la retenir :

— Je ne suis pas habilité à vous arrêter. À vrai dire, aucun cas de ce type ne s'est présenté jusqu'à présent, et je ne sais pas s'il ressort de la législation... Attendez au moins que j'appelle la Spatiale !

— Appelez-la si bon vous semble, j'ai quelque chose d'urgent à faire. Dites-leur que je me trouve à l'hospitalium.

L'homme la regarda partir, eut un mouvement d'impuissance, et disparut. Blade sortit de sa cachette, et rejoignit la jeune femme qui marchait d'un pas vif. L'après-midi s'achevait, les ombres des maisons recouvraient la chaussée.

— L'hospitalium est loin d'ici ? s'informa-t-il.

— Ma voiture était garée tout près d'ici. Elle doit encore y être. Nous serons à l'hospitalium dans une dizaine de minutes.

La voiture était restée là où l'avait laissée la jeune fille. Toara démarra en trombe, et ne s'arrêta que devant les marches de l'hôpital. Ils sautèrent du véhicule, et traversèrent le hall en courant. Un infirmier qui marchait dans la direction opposée, chargé d'un plateau rempli d'instruments médicaux, fut brutalement bousculé par Blade. Son chargement s'éparpilla à travers le couloir, provoquant un tohu-bohu et une bousculade indescritible ! Blade en profita pour rafler au passage une seringue protégée par un sachet stérile.

Ils traversèrent plusieurs services, avant d'aboutir à la bonne porte. Blade la poussa. Baker gisait sur le lit, toujours inconscient. Deux personnes se trouvaient à son chevet. Elles relevèrent la tête lorsque la porte se rabattit. Le businessman les reconnut aussitôt :

— Red Owens !

— Blade !

— ...et Andy Sherwood ! Vous avez donc reçu mon message !

— Et pour sûr qu'on a rappliqué dare-dare ! lança Andy. On est arrivés ce matin en tirant à fond sur la propulsion hyperspatiale, à bord du *Maraudeur*. Chouette coin, Thogar'min ! Pas très doués pour l'accueil, sur cette fichue planète ! À notre arrivée, la Spatiale nous a appris que Baker était dans un état incurable, et toi, probablement mort après avoir pris la poudre d'escampette !

Red Owens broya sa main dans sa poigne vigoureuse, tandis qu'Andy Sherwood lui appliquait une bourrade mémorable ! Blade oscilla, secoué par ces retrouvailles quelque peu agitées. Il frotta sa main endolorie : le commandant du *Maraudeur* était un colosse roux doté d'une carrure de lutteur, dont les biceps tendaient le tissu gris métallisé du justaucorps. Il était réputé dans les milieux astros pour ses coups de gueule, mais également pour une droiture et une générosité à toute épreuve.

Andy enveloppa la jeune femme d'un coup d'œil gaulois, et ajouta :

— Je vois que Blade sait apprécier ce que chaque planète offre de plus charmant, mademoiselle...

— Andy, ne put s'empêcher de dire Red, son visage tavelé de taches de rousseur s'empourprant. Refrène-toi, j'entends presque ce que tu penses !

Bien qu'il connût Andy Sherwood depuis plusieurs années, il avait toujours autant de mal à accepter sans broncher le franc-parler et l'exubérance — parfois un peu salace — de son associé. Mais, contre toute attente, celui-ci s'inclina devant Toara et, à la grande surprise de Red, lui baisa la main ! La jeune fille se laissa faire de bonne grâce.

— Je suis Toara Lendor-Kasim. Nous avons trouvé un remède contre le poison, mais il faut le lui administrer maintenant !

Blade se pencha sur le corps de son ami. Son pouls était faible et irrégulier, mais il battait toujours.

— Il est en vie, souffla-t-il. Nous sommes arrivés à temps !

— Que diable se passe-t-il donc ici ? s'exclama d'une voix rocailleuse le commandant du *Maraudeur*.

— C'est promis, je vous raconterai ce qui nous est arrivé depuis l'atterrissage du *Bourlingueur II*, mais Toara a raison, Baker ne peut attendre plus longtemps.

Il déchira le sachet stérile, et prit la fiole à sa ceinture. Il la remplit, et l'injecta dans le bras de son ami.

— Désolé, mon vieux, dit-il, de ne pas tenir compte des règles de désinfection, mais le temps presse !

Il reposa la seringue sur le bord de la table de chevet.

— À présent, il n'y a plus qu'à attendre que le produit agisse. Cela ne devrait pas tarder. Le poison de la Ronce étant déjà dans le sang de Baker, je pense qu'il valait mieux lui injecter que de perdre du temps à tenter de le lui faire manger, ce qui ne serait pas aisé dans son état.

Blade parlait ainsi autant pour expliquer la situation à ses amis, que pour calmer son angoisse.

— Si tu nous expliquais enfin ce qui se passe ? dit Red d'un ton bourru. À la réception de l'hospitalium, on nous a affirmé que Baker n'en avait plus pour longtemps à vivre, que son cas était désespéré. Nous sommes allés voir le gouverneur, qui nous a raconté ton évasion, ainsi que la disparition de sa fille. Il craignait que tu ne sois allé dans la Ronce.

Blade devina dans cette simple phrase l'inquiétude qui avait taraudé les deux hommes toute cette journée, un de leurs meilleurs amis condamné à mort à brève échéance, et l'autre, perdu dans une nature hostile et mortelle !

Soudain, la porte s'ouvrit, livrant passage à trois officiers de la Spatiale. Blade reconnut parmi eux Axel Jarmush, avec qui il avait parlé à l'astroport, ainsi que l'homme qui était venu avertir le gouverneur de son évasion. Le troisième lui était inconnu. C'est ce dernier qui s'avança et lança, à la cantonade :

— Ronny Blade, veuillez nous suivre sans résister !

Puis il avisa Toara et, contrit, ajouta :

— Vous aussi, miss Lendor-Kasim. Nous avons besoin de votre témoignage pour confondre le criminel.

La jeune fille releva fièrement le menton.

— Nous ne vous suivrons nulle part. Nous allons voir mon père le gouverneur, nous avons une chose essentielle à communiquer aux habitants de Thogar.

— Quoi donc ?

— Nous possédons l'antidote contre le poison de la Ronce. En outre, nous connaissons un métal qui la fait reculer, sans avoir recours aux lance-flammes trop coûteux.

— Vous en êtes sûre ?

— Nous venons d'en injecter une dose à ce malade. Il sera simple de voir s'il est efficace ou non. D'ailleurs, le « criminel » et moi avons été immunisés. Une simple prise de sang...

Elle n'eut pas le temps de poursuivre : le policier sortait son fulgurant et le braquait sur la jeune fille !

À cette distance, il était impossible de rater sa cible, mais Blade, anticipant l'action d'une fraction de seconde, l'avait heurté d'une bourrade à l'épaule. La salve de rayons fit exploser une ampoule au plafond. Furieux, le policier retourna son arme contre Blade. Mais Axel Jarmush réagit instinctivement, et l'homme s'effondra en arrière, un trou fumant au milieu du front.

— Dame ! grommela Red en repoussant le cadavre du pied. Comme si ça n'était pas assez compliqué comme ça !

— Cela prouve en tout cas que la Pharmamondiale a installé des espions à sa solde partout dans Thogar, y compris au sein de la Spatiale. Et qu'elle redoute par-dessus tout la découverte d'un antidote contre la Ronce.

L'officier accompagnant Axel Jarmush s'interposa.

— Je suis thogarien... mais je ne peux croire à l'existence d'un remède qui nous débarrasserait de la Ronce.

Blade secoua la tête.

— Il ne vous en débarrassera pas, mais il vous en protégera, ce qui est tout autre chose. Il vous faudra vivre avec la Ronce, et non plus contre elle. Non plus la détruire, mais vous la concilier.

L'officier le regarda avec incrédulité.

— Si tu nous expliquais, à la fin ? intervint Andy Sherwood, pragmatique.

— Après notre atterrissage, et sur la recommandation d'Axel Jarmush, nous sommes allés boire un coup à l'*Aspic*, un bistro du quartier Ouest. Là, deux sbires — qui appartenaient à Pharmamondiale — s'en prirent à Toara. Will et moi, nous la sortîmes de ce mauvais pas et, pour nous remercier, elle nous fit visiter les murailles de la ville. C'est là que Baker se fit accidentellement piquer par une épine. Son seul salut se trouvait à l'extérieur des murs, dans l'organisme unique et tout-puissant qui règne sur Thogar'min. Toara m'a accompagné contre mon gré dans le village des Moïliks.

— Les Moïliks ? répéta l'officier.

— C'est le nom que se donnent les extraterrestres nomades qui vivent en harmonie avec la Ronce, et ne la craignent pas. Une fois arrivés à leur village, un guide, nommé Karn, nous emmena jusqu'à la Souche-mère, le centre de la Ronce. Au terme d'un long voyage, où l'un des jeunes Moïliks qui nous accompagnaient trouva la mort, nous avons puisé de la Sève-de-vie à la Souche-mère. Nous avons subi l'initiation avec les jeunes villageois. Nous avons dû tuer le sorcier du clan qui nous avait suivis : il était lui aussi à la solde de la Pharmamondiale, et voulait nous éliminer. Karn lui succédera certainement ; ce sera un bon chef.

Red intervint :

— Mais comment le sorcier, Lu'ridd, a-t-il pu être au courant si tôt de ton incursion dans la Ronce ?

—Je suis à peu près certain que ce renseignement lui a été transmis par Jérémie Erikson, le fondé de pouvoir de la Pharmamondiale. Cela expliquerait l'obstination de celui-ci à s'enquérir de notre situation, Baker et moi.

Andy Sherwood frappa dans ses mains.

— Si je comprends bien, Red et moi, on est arrivés quand tout était joué, comme la cavalerie !

Le Thogarien secoua la tête.

— J'ai entendu votre récit, mais je n'arrive pas encore à croire que ce fameux antidote existe bel et bien...

Alors qu'il disait cela, un mouvement attira l'attention de Blade du côté du lit. Il se précipita au chevet de son ami. Celui-ci ouvrait les yeux.

— Blade...Bon sang, je brûle, tout mon corps est en flammes, et que ma tête est lourde ! C'est comme si j'avais bu un litre de Jraz-Gorl d'une lampée !... Qu'est-ce qui se passe ? Red, Andy ! Qu'est-ce que vous fichez ici !

— Mon vieux Willy ! Je suis content de te retrouver ! Il s'en est passé des choses, pendant ton... sommeil.

— Je me rappelle avoir été piqué, mais ensuite, cela n'a été qu'un long sommeil sans fond. Combien de temps suis-je resté inconscient ?

— Environ trois jours. Maintenant que tu es réveillé, et dès que tu auras récupéré, nous allons pouvoir causer sérieusement au gouverneur. La vie va changer, sur Thogar'min, et la Pharmamondiale va devoir répondre de ses agissements sur ce comptoir devant les autorités impériales.

Baker se redressa sur son lit.

— Après une nuit qui a duré trois jours, je suis prêt à te suivre n'importe où, pourvu que je sorte de ce lit !

Et il entreprit de quitter sa couche. Ses premiers pas furent hésitants, mais son allure ne raffermit rapidement et il se tourna, en attente, vers ses compagnons.

— C'était donc vrai, murmura l'officier thogarien, sur le visage duquel une intense surprise se lisait. Je ne voulais pas le croire, on m'a toujours dit qu'il ne pouvait pas exister de remède à la Ronce...

— La Ronce n'est pas une malédiction, affirma Blade. Elle n'a rien de surnaturel. Mais puisque Will est déjà sur pied, nous pourrions aller chez le gouverneur immédiatement ; nous lui exposerons la situation.

Ils se dirigèrent vers la sortie de l'hospitalium ; Toara les précédait. Alors qu'ils descendaient les marches, un véhicule sur coussin d'air stoppa au bas de celles-ci. Quatre individus en jaillirent, tenant un pistolaser à la main. Sans sommation, ils tirèrent sur les six hommes, tandis que l'un d'entre eux se saisissait de Toara.

— Je l'ai ! lança ce dernier, bâillonnant la jeune fille gesticulante.

Blade reconnut la voix du contremaître, un des nervis qui avaient agressé Toara, devant l'*Aspic*.

— À l'abri ! cria Axel Jarmush à ses compagnons qui se jetaient au sol. On ne peut rien pour elle pour l'instant.

En effet, le véhicule repartait. Blade dégaina son arme et dévala les marches comme la voiture tournait le coin de la rue. Tout s'était déroulé en quelques secondes, ils n'avaient pas eu le temps de réagir.

Axel Jarmush se releva ; une traînée de sang zébrait son bras. Les businessmen et leurs deux associés n'avaient rien, mais l'officier thogarien resta allongé par terre. Baker se pencha sur lui. Il était mort, un rayon l'avait atteint entre les deux épaules.

— Les hommes de la Pharmamondiale ont kidnappé Toara, grinça Blade en replaçant le pistolaser à sa ceinture. Ces misérables espèrent sans doute l'échanger contre le remède au poison de la Ronce, remède qu'ils feront disparaître. Ils savent probablement que nous sommes immunisés, c'est pourquoi ils nous tueront de toute façon.

— Il n'est pas question de leur céder, trancha son associé d'une voix définitive. On ne cède pas à des terroristes : nous délivrerons Toara de ses ravisseurs. La ville n'est pas si grande... Il faut aller immédiatement voir le gouverneur.

— Et nous, alors ? demanda Andy Sherwood. Moi qui croyais que nous avions tout manqué !

— Vous, retournez sur le *Maraudeur*, et prenez-y des harnais dégravités, ainsi que des armes, et une plate-forme. Nous vous retrouvons à l'*Aspic* dans une heure, pour tenir un « conseil de guerre ». Axel Jarmush vous indiquera le chemin. Nous, nous allons chez le gouverneur.

Red Owens et Andy Sherwood opinèrent du chef, sans discuter. Dans les moments critiques, les deux hommes savaient se taire, et se montrer efficaces.

— Pouvez-vous nous déposer ? demanda Blade à Axel Jarmush.

Ce dernier acquiesça. Il se tourna vers Red et Andy :

— Je vous retrouverai à votre vaisseau. À tout à l'heure.

Ils grimpèrent dans l'héli-car de la Spatiale, et Axel Jarmush les pilota jusqu'au palais. Le soir tombait ; il était environ huit heures.

Damien, leur ouvrit la porte. En serviteur blasé, il ne manifesta aucune surprise de revoir le fugitif, accompagné d'un inconnu, déposé de surcroît par un héli-car de la Spatiale qui avait redémarré aussitôt.

— Le gouverneur est-il là ? interrogea Blade, sans préambule. Nous avons à lui parler de sa fille.

Le gouverneur ouvrit la porte de la salle de réception à la volée ; il était emmitouflé dans une robe de chambre chamarée, de couleur mauve, dont le col de fourrure remontait jusqu'à sa chevelure décoiffée.

— Ma fille ? s'exclama-t-il. Que savez-vous sur elle ? Est-elle sauve ?

— Excellence..., bredouilla Damien. Vous êtes si fatigué, depuis ce déplorable...

Le gouverneur Lendor-Kasim le coupa.

— Je vais bien, Damien, laissez-nous.

Dérorienté, le serviteur hocha la tête, et referma la porte de la salle de réception sur lui. Blade se racla la gorge.

— Votre fille est en parfaite santé, du moins jusqu'à maintenant.

— Que voulez-vous dire ?

Le businessman lui répéta succinctement le récit qu'il avait conté à Red et Andy.

— ...Puis nous sommes sortis dans l'idée de nous rendre directement au palais : Toara se doutait que vous étiez très inquiet à son sujet. Elle voulait vous rassurer. C'est alors que des hommes de main de la Pharmamondiale se sont emparés de votre fille. À notre grand regret, nous n'avons rien pu tenter, ils nous tenaient sous le feu de leurs armes. Un Thogarien qui nous accompagnait est mort dans la brève fusillade ; l'officier Axel Jarmush a été légèrement blessé.

— Les misérables ! s'écria le gouverneur, en serrant un poing fébrile. Mais la Pharmamondiale ne s'en tirera pas comme cela ! J'ai été aveugle jusqu'à présent, mais ce temps est fini. Je vais la dénoncer immédiatement aux autorités interplanétaires, pour que cessent leurs activités crapuleuses, et que justice soit rendue aux Thogariens !

— Nous vous faisons confiance, dit rapidement Blade, pour faire arrêter les responsables sur Marsala. Mais il y a plus urgent : nous allons libérer votre fille dès cette nuit, de sorte que ses ravisseurs n'auront plus de moyen de chantage contre vous, ou la Spatiale, quand il sera question de les arrêter. Mais nous avons besoin de savoir où les ravisseurs de Toara sont susceptibles de l'avoir séquestrée.

Le vieil homme réfléchit intensément, puis il s'exclama :

— Je ne vois qu'un endroit. Thogar n'est qu'une petite ville, refermée sur elle-même : je ne pense pas qu'ils l'aient enfermée dans un entrepôt du spatioport. Je pense plutôt au siège social de la Pharmamondiale, qui se trouve dans le quartier Est. Vous le repérerez facilement : c'est le bâtiment le plus luxueux de Thogar, et en même temps le mieux gardé.

— Pouvez-vous nous en dresser un plan ?

Le gouverneur s'empressa de s'exécuter. Les deux amis firent appeler un héli-taxi, puis prirent congé du gouverneur. La nuit était tombée sur la ville, mais l'éclat des étoiles éclairait les rues d'une pâle lueur. L'héli-taxi les déposa devant l'*Aspic*. Red, Andy et Axel Jarmush les attendaient.

*
**

À la couleur rouge pivoine du colosse, ils surent que Red Owens avait goûté le breuvage favori de Rhom.

— C'est costaud, ce truc ! souffla-t-il. Je n'ai pas intérêt à allumer une cigarette, sinon je n'aurai pas besoin du *Maraudeur* pour me placer sur orbite !

Andy Sherwood éclata de rire, tandis que les deux businessmen s'installaient à leurs côtés, sur de hauts tabourets. Rhom leur servit un verre de Lioounga glacé.

— Le gouverneur nous a fourni l'emplacement probable du lieu où Toara est séquestrée, annonça Baker après avoir vidé son verre. L'opération devra avoir lieu cette nuit. Chaque minute qui passe réduit l'espoir de la revoir en vie.

Andy Sherwood souffla, d'un air faussement ennuyé.

— Encore une jeune fille à sauver, ce soir !

Le capitaine du *Maraudeur* le foudroya du regard, mais il savait bien qu'en réalité Andy était ravi de prêter main-forte à ses amis.

— Avez-vous apporté le matériel ?

Red Owens hocha la tête.

— Tout est dans la plate-forme anti-grav, qui stationne sur le toit de l'*Aspic*.

Blade posa le pistolaser sur le comptoir.

— Mon vieux Rhom, voici tout ce qui me reste du pistolet protonique que tu m'as prêté.

— Ma foi... Je ne perds pas au change, le pistolaser est ce qui se fait de mieux en matière d'arme.

— Nous serons munis de pistolets à ultra-sons totalement silencieux, fit Red, mis à part le lieutenant Axel Jarmush, qui utilisera son fulgurant de fonction.

— Fort bien. Nous devrions y aller maintenant.

Tous acquiescèrent. Rhom les fit passer par une porte de l'arrière-salle, qui les conduisit par un escalier en colimaçon sur le toit plat de la bâtisse. La plate-forme dégravité était un engin circulaire de six mètres de diamètre pourvu d'un dôme en hyperdelrin transparent, pouvant recevoir dix hommes. Elle pouvait atteindre la vitesse respectable de mille km/heure. Un minuscule générateur à fusion à froid leur conférait en outre un rayon d'action et une autonomie quasi illimités.

Andy Sherwood s'installa aux commandes.

— Et en avant pour faire les marioles ! s'exclama-t-il joyeusement. Les gars de la Pharmamondiale vont passer un sale quart d'heure, je vous le dis !

Red Owens se mit à déballer les instruments et les armes des sacs de marins disposés au fond de l'habitacle. Chacun reçut un pistolet à ultra-sons, ainsi qu'un harnais dégravité.

— Que suggérez-vous d'entreprendre, et selon quelle stratégie ? demanda le capitaine du *Maraudeur*.

— J'ai déjà vu cet endroit, dit Axel Jarmush, sans toutefois pouvoir y pénétrer : l'endroit est interdit, même à nous. Il faudrait un mandat ainsi qu'une bonne raison pour y entrer... comme à présent. Les abords sont gardés par des hommes de main, ainsi que des senseurs électroniques qui repèrent le moindre mouvement et mettent le bâtiment en état d'alerte. Nous ne sommes que cinq, et une attaque frontale, même en bénéficiant de l'effet de surprise, n'aurait aucune chance d'aboutir. Le mieux que nous ayons à faire, c'est de laisser le temps à mes collègues de la Spatiale d'encercler le bâtiment, afin de préparer un assaut d'envergure. Seuls...

— Nous n'avons pas le temps. Et puis, ceux qui gardent Toara seraient mis aussitôt au courant de l'opération ; ils la tueraient sans hésiter, et la feraient disparaître dans un incinérateur atomique, de sorte qu'il n'en resterait rien, pas même un os, et nous ne pourrions pas les arrêter. Une grande discrétion est indispensable si nous voulons la récupérer vivante.

Axel Jarmush opina du chef. Il se rendait aux raisons de Baker.

— Euréka, j'ai trouvé ! cria soudain Andy Sherwood, en faisant tanguer l'appareil. J'ai remarqué que toutes les bâtisses thogariennes ont un toit plat. Il n'y a pas de raison que le siège de la Pharmamondiale n'en possède pas !

— En effet, confirma Axel. Mais notre engin est

trop encombrant, même si nous l'enveloppons dans un champ d'invisibilité, dès qu'il se posera sur le toit, il sera repéré.

— Pas si nous restons en vol stationnaire à cent mètres d'altitude, et que nous descendions à l'aide de nos harnais dégravités !

— Andy, tu as parfois des idées géniales ! approuva Blade.

— ...Bien obligé de le reconnaître, bougonna Red Owens dans sa barbe. Cet animal m'use les nerfs, mais parfois, une étincelle de génie traverse ce cerveau nébuleux !

— Trop aimable ! clama Andy, fier malgré tout. On y est presque, il est temps de boucler nos ceintures.

Il éteignit la lumière intérieure, plongeant l'habitacle dans l'obscurité. Le véhicule volant fendait l'air dans un très léger bourdonnement dû au système anti-gravitatif, le générateur avait l'avantage de ne produire aucun bruit.

— Je me suis placé juste au-dessus du bâtiment, annonça le pilote. Il n'y a plus qu'à se laisser tomber, en freinant notre chute grâce au harnais.

Chacun vérifia que son arme fonctionnait, puis Andy fit basculer la coupole transparente, laissant entrer un vent nocturne vif. La plate-forme oscillait dans l'air, comme une barque sur un lac, par beau temps.

Red Owens regarda vers le bas.

— Heureusement que je n'ai pas le vertige ! Ils ne se sont rendu compte de rien. Ça marche !

Il parlait tout bas : le dôme ne les isolait plus du monde extérieur, et l'atmosphère dépourvue de perturbations véhiculait parfaitement les sons.

Les businessmen sautèrent les premiers. Ils furent suivis de Red et Axel. Andy Sherwood plaça l'ordinateur de la plate-forme en position de veille, puis rejoignit ses compagnons.

Blade déclencha son harnais alors qu'il ne se trouvait plus qu'à trente mètres du sol. Il sentit la forte décélération : en cent soixante-dix mètres, il avait acquis une vitesse de cent cinquante km/heure, que le harnais dégravité compensait graduellement. Il se posa sur le sol avec la légèreté d'un papillon, puis ses compagnons après lui. Une porte fermée à clef donnait sur les étages supérieurs, tous pourvus de terrasses où ne manquait pas la verdure. Plusieurs hommes discutaient à vive voix.

À l'aide de gestes, Blade leur fit comprendre qu'ils devaient se séparer en deux groupes : ainsi, ils avaient deux fois plus de chances de trouver la jeune fille retenue en otage.

William Baker fit sauter le verrou magnétique qui maintenant la porte fermée, puis ils s'enfoncèrent dans la bâtisse.

À l'intérieur, ils se rendirent compte qu'ils se trouvaient dans le seul véritable palais de Thogar : de riches peintures et de somptueux tapis garnissaient murs et parquets. Puis ils se séparèrent : Blade et Red Owens se rendraient dans les sous-sols, tandis que Baker, Andy et Axel Jarmush se chargeraient des étages.

Blade et Red descendirent les escaliers jusqu'au sous-sol sans rencontrer âme qui vive : ils ne devaient être utilisés que lorsque les ascenseurs qui desservaient les six étages du palais tombaient en panne. Les ravisseurs n'avaient pas songé à les faire surveiller, n'imaginant pas que l'on pût s'infiltrer dans leur place-forte.

Ils parvinrent enfin tout en bas. Pistolet à ultrasons au poing, ils poussèrent la porte, pour déboucher sur un couloir désert, de huit mètres de largeur. Une dizaine de portes, de part et d'autre, menaient à autant de locaux pour l'instant clos, sauf le premier à leur droite.

Une voix caverneuse leur parvint.

— C'est toi, Hal ? C'est pas trop tôt, mon vieux ! J'ai la dalle, moi ! Et ne fume pas, comme la dernière fois, tu sais que...

Blade régla la puissance de son pistolet sur le cran « choc », et entra dans la cave entrouverte. L'homme leva les yeux, puis le rayon ultra-sonique le cueillit à la poitrine, et il culbuta en arrière. Blade le rattrapa avant qu'il ne s'effondre au sol, puis le replaça précautionneusement sur son siège. Il ne fallait pas donner l'alerte à d'autres éventuels gardiens.

— Ce bandit va dormir pendant deux heures, et se réveillera avec une fameuse gueule de bois ! dit Red, qui connaissait à la perfection les armes qu'il embarquait sur son *Maraudeur.*

Il le ligota à son siège et le bâillonna, pendant que Blade faisait le guet. Le local était vide ; l'homme ne faisait que garder l'endroit.

— S'ils ont posté quelqu'un ici, c'est que Toara n'est pas loin, raisonna Red.

— Pas nécessairement, dit son ami. Ce peut être autre chose.

La visite des autres caves lui donna raison : celles-ci débordaient d'explosifs de toute nature, charges creuses, incendiaires, à fractionnement, plasmatiques... C'était tout un arsenal qui était entreposé ici dans le plus secret. Une des caves était grillagée et climatisée ; un plant de Ronce hérissé de piquants poussait dans un bac de terre. Des tentacules végétaux se tendirent vers eux, dès qu'ils apparurent dans l'ouverture. Blade repoussa la porte.

— Par l'espace ! s'écria Red malgré lui. À quoi toute cette quincaillerie peut bien servir ?

— Tu vas le savoir bientôt.

Ils entrèrent dans la dernière cave. Une table occupait le milieu de la pièce, où était étalée une holo-carte de la ville. Des points rouges parsemaient les points stratégiques.

— Que signifie...

— C'est pourtant simple : c'est au sein même de la Pharmamondiale que sont organisés les attentats qui sont mis sur le compte des Moïliks. Ils prélèvent des boutures du plant de Ronce que nous avons vu, qu'ils dispersent aux quatre coins de la cité, afin de perpétuer la haine que se vouent les deux communautés. Ils ont fait de ce proverbe machiavélique un leitmotiv de leur politique : *diviser pour régner !*

— Leur règne s'achève, dirait-on !

— Espérons-le. Tant qu'ils tiendront Toara en otage, ils auront un atout de maître.

À ce moment, ils entendirent l'ascenseur s'immobiliser, et les portes chuinter. Ils se rencognèrent un instant, puis Blade sortit brusquement. L'homme de relève ne le vit pas surgir, pas plus qu'il ne sentit le train d'ondes du pistolet ultra-sonique le percuter de plein fouet, l'envoyant rejoindre son camarade dans l'inconscience.

— Il n'en viendra pas d'autres avant un moment, profitons-en pour rejoindre Will, Andy et Jarmush. Ils ont peut-être besoin de nous.

***

Baker ouvrait la marche, Andy Sherwood sur ses talons, Axel Jarmush la fermait.

— Rien au sixième étage, rien au cinquième. Espérons que nous aurons plus de chance à cet étage.

La chance, estima le businessman, était qu'ils ne se soient pas encore fait repérer. Le siège de la Pharmamondiale sur Thogar'min était essentiellement constitué de bureaux, ce qui expliquait que ceux-ci soient vides à cette heure de la nuit. Chaque étage possédait une salle centrale, plus grande que les autres ; Baker s'apprêtait à ouvrir la porte donnant sur celle-ci.

Laquelle s'ouvrit, tirée de l'intérieur, comme il posait la main sur la poignée. Il se serait affalé en avant, si Andy derrière lui ne l'avait retenu *in extremis*.

La lumière s'alluma, aveuglante, les clouant sur place comme des insectes sur un mur blanchi à la chaux.

— Quelle heureuse surprise, vraiment ! William Baker, de la Baker and Blade Co, le valeureux Andy Sherwood, et un agent de la Spatiale dont le nom m'échappe. C'est un honneur, de recevoir des hôtes de marque, à cette heure tardive, — un honneur... attendu !

Ce devait être une salle de réception, car des lustres halogènes de cristal étaient suspendus aux plafonds lambrissés ; des fauteuils style néokédal de grand prix étaient disposés sur le pourtour, près d'une grande baie vitrée. Quatre nervis se tenaient autour de Toara, ligotée à un des fauteuils par des chaînes magnétiques. Ils étaient armés de pistolasers, pointés sur le petit groupe. Baker reconnut, parmi ceux-ci, les deux brutes qui avaient agressé la fille du gouverneur, devant l'*Aspic*.

L'homme, posté à l'écart, éclata d'un rire vulgaire qui fit sursauter ce dernier. Le businessman l'identifia avant même de porter son regard sur lui.

— Jérémie Erikson ! Mais... vous étiez sur Marsala !

L'instant de surprise passé, un sourire ironique passa sur ses lèvres.

— J'aurais dû m'en douter, vous étiez constamment sur nos traces. C'est vous, n'est-ce pas, qui avez transmis des ordres au sorcier des Moïliks, concernant Ronny Blade, avant d'embarquer sur le *Bourlingueur*. Il avait ordre de l'espionner, et au besoin de l'abattre, s'il réussissait dans son entreprise...

— Je suis étonné de votre perspicacité, à tous les deux. En effet, Lu'ridd nous a été très utile. Il est dommage que nous soyons sans nouvelles de lui.

— Justice a été rendue chez les Moïliks. Soyez sûr qu'à Thogar, cela ne saurait tarder !

— Ennuyeux, cela... J'ai bien fait de ne pas sous-estimer de tels adversaires, en prenant toutes ces précautions. Mais j'oubliais... Jetez vos armes à terre, sinon je serais au regret d'ordonner à mes hommes d'ouvrir le feu sur vous et miss Lendor-Kasim... C'est bien, vous agissez sagement. Sachez que je suis revenu ici, à bord d'un petit yacht spatial privé ultra-rapide qui m'a débarqué en secret, dès que j'ai su que le *Maraudeur* était rappelé d'urgence. C'est moi qui ai organisé cet enlèvement, qui constitue une... garantie, pour nos affaires. Et une façon de vous attirer dans la gueule du loup ! J'admets que vous nous avez mis des bâtons dans les roues et compromis nos affaires pour quelque temps, mais le vent peut tourner. Vous êtes en notre pouvoir.

Il sortit de sa veste un gros cigare, un « barreau de chaise », et l'alluma. Il tira une bouffée, qu'il envoya dans la figure de Toara.

— Mais faites comme chez vous ! Avancez jusqu'à ces fauteuils, où mes hommes vont vous attacher. Vous resterez assis bien gentiment.

— Vous ne pourrez pas nous retenir indéfiniment, la Spatiale est au courant de notre venue. N'espérez pas vous en tirer à si bon compte, la comédie a assez duré !

Jérémie Erikson éclata d'un rire gras.

— La comédie ne fait que commencer, bien au contraire ! J'ai ici un appareil qui fait des merveilles sur des gens comme vous. Il se trouve juste à côté. Grâce à lui, je peux implanter dans le cerveau un implant psychique de fidélité : regardez mes gardes, je m'en suis servi sur eux. Ils se feraient tuer sur place pour me sauver. Et j'espère bien que vous en ferez autant.

Les quatre nervis ne cillèrent pas. Les yeux de Toara s'embuèrent de larmes : l'idée d'obéir — voire de se donner — à cet être ignoble la révulsait.

— Jamais je n'obéirai à une canaille, un... un rat d'astroport tel que toi ! s'exclama Andy Sherwood, si en colère qu'il en perdait sa proverbiale faconde.

— Que si ! repartit le fondé de pouvoir de la Pharmamondiale. Le *Fantastique*, notre vaisseau, est en mauvais état, et le *Maraudeur* est un appareil magnifique. J'ai de grands projets pour lui.

— Red Owens préférera plutôt se saborder que vous obéir ! ragea Andy, au comble de la colère.

Jérémie Erikson tira une nouvelle fois sur son cigare, et s'enfonça dans un fauteuil.

— Là encore, vous vous trompez ! Une fois que je vous aurai conditionné, vous me servirez d'appât pour le capitaine du *Maraudeur*, ainsi que votre associé, Ronny Blade.

Un bruit de verre brisé les fit tous se retourner vers la baie vitrée, qui venait de voler en éclats fins comme de la poussière !

Les quatre nervis, d'un seul mouvement, tirèrent de conserve sur l'ouverture fracassée. Mais il n'y avait personne !

Profitant de cette diversion, Baker et Andy se jetèrent sur leurs armes, Axel Jarmush réagissant avec une demi-seconde de retard.

— Tirez sur la fille ! piailla Jérémie Erikson, laissant tomber son cigare à terre.

Baker et Andy firent feu au même instant, et leurs rayons trouvèrent leur cible : les deux hommes — les agresseurs de l'*Aspic* — s'affalèrent, foudroyés net par les faisceaux concentrés. Presque simultanément, deux ombres apparurent à la fenêtre, lévitant, soutenus dans l'air par leur harnais. Les nervis restants n'eurent pas le temps de se retourner une nouvelle fois : des faisceaux d'ultrasons les frappèrent, et ils s'écroulèrent sur leurs compagnons abattus.

Après un court instant de saisissement, Jérémie Erikson propulsa sa ronde personne vers la porte entrouverte. Axel Jarmush tira, mais le rayon de son fulgurant ne frappa qu'une amphore, dont la partie supérieure servait de cendrier, la faisant éclater. Le fondé de pouvoir disparut.

— Il faut le rattraper ! s'exclama Red, qui venait de se poser, désactivant son harnais.

— Andy, avec moi ! s'écria Blade. J'ai un compte à régler avec ce gredin !

Les deux hommes s'engouffrèrent dans l'ouverture, à la poursuite du fugitif. Axel se dirigea vers un bureau, où se trouvait un télévisionneur, afin d'informer la Spatiale des événements, tandis que Baker retirait avec douceur le bâillon qui entravait la bouche de Toara.

— Quand nous sommes arrivés à cet étage, Jérémie Erikson vous tenait en son pouvoir, expliqua-t-il. Nous sommes montés à l'étage supérieur, puis nous avons utilisé nos harnais dégravités pour descendre à votre hauteur. Nous avons attendu pour intervenir que les quatre hommes de main regardent dans votre direction. Puis j'ai tiré sur la vitre ; le faisceau d'ultra-sons a provoqué la rupture brutale de sa structure cristalline. Comme nous nous y attendions, les quatre brutes ont tiré à l'emplacement où nous aurions dû être, si nous n'avions pas repris immédiatement un peu d'altitude ! La suite, vous la connaissez.

*
**

Jérémie Erikson se retourna : il était suivi. Il s'épongea le front et repartit. Dans une des caves était dissimulé, derrière un mur factice, une capsule anti-grav monoplace ; même si le bâtiment était cerné par la police, il arriverait à s'enfuir par la voie des airs. Mais il fallait d'abord semer ses poursuivants.

Il déboucha, essoufflé, dans le long couloir qui le

séparait de la liberté : c'est au bout de celui-ci que se trouvait la cache. Il s'élança dans le couloir. Derrière lui, la porte s'ouvrit à la volée : Blade et son maudit ami le talonnaient !

— Ton escapade prend fin ici ! tonna la voix du businessman, se répercutant en s'amplifiant sur les parois.

— Je ne me rendrai jamais ! cria le gros homme.

La manche de sa veste cachait un laser de format réduit, camouflé en micro-lampe de poche — petit cadeau de ses employeurs. Sur une pression du doigt, l'arme lui tomba au creux de la paume. Il se tourna et tira, mais ses poursuivants furent plus rapides : ils se jetèrent dans une des caves, et le rayon ne fit qu'érafler le béton. Presque aussitôt, le businessman répliqua. À côté de Jérémie Erikson, une portion de béton s'effrita sous l'effet du flux ultra-sonique.

Il s'engouffra dans la première cave à sa portée : une porte grillagée, qu'il ouvrit sans regarder à l'intérieur. Il pointa son laser vers l'entrée de la cave, prêt à faire feu sur ses poursuivants. Il ne remarqua pas l'épais serpent végétal qui s'étirait vers sa jambe.

Brusquement, le tentacule happa sa jambe, et se mit à le haler vers le plant de Ronce. Jérémie Erikson poussa un cri perçant. Il se retourna, mais, dans sa précipitation, il laissa tomber son laser hors de portée. Il tenta en vain de dénouer l'extension qui maintenait sa jambe prisonnière et l'entraînait.

— Au secours ! hurla-t-il. La Ronce... elle m'emporte !

Il entendit une cavalcade résonner dans le couloir, puis vit Blade et Andy Sherwood apparaître dans l'encoignure de la porte. C'est alors que la Ronce se referma sur lui et lui planta mille épines dans le dos, le criblant de piqûres. Le gros homme eut un soubresaut, comme le poison pénétrait dans son organisme. Celui-ci atteignit presque immédiatement le cœur et Jérémie Erikson mourut en quelques secondes.

***

— Cette affaire a pris fin, dit Axel en fermant le télévisionneur. La Spatiale encercle le bâtiment, tous les hommes de la Pharmamondiale ont été mis en état d'arrestation. Je viens d'avoir Son Excellence : il a envoyé un message par Space o'vision à la police marsalienne : les responsables de la compagnie seront placés sous les verrous sous peu, ce n'est qu'une question d'heures. De même, tous les contrats passés avec celle-ci ont été résiliés. Le gouverneur est disposé à faire profiter la Baker and Blade Co des conditions préférentielles de transport et de commercialisation du sérum de Thogar.

— Nous comptons développer ce commerce, déclara Blade, ainsi que le tourisme, car Thogar'min possède des ressources insoupçonnées dans ce domaine. J'en ai fait l'expérience. La Pharmamondiale ne faisait profiter qu'un petit nombre des bienfaits du sérum de Thogar. Il est temps de changer cela, pour le bien des Thogariens, qu'ils soient colons ou Moïliks, et de l'humanité tout entière.

— La Baker and Blade y compris ! s'exclama Red Owens, provoquant l'hilarité générale.

Achevé d'imprimer en décembre 1992
sur les presses de l'Imprimerie Bussière
à Saint-Amand (Cher)

— N° d'imp. 3628. —
Dépôt légal : janvier 1993.
Imprimé en France